3分後にゾッとする話

47都道府県の怖い話

並木 伸一郎 著　マニアニ 絵

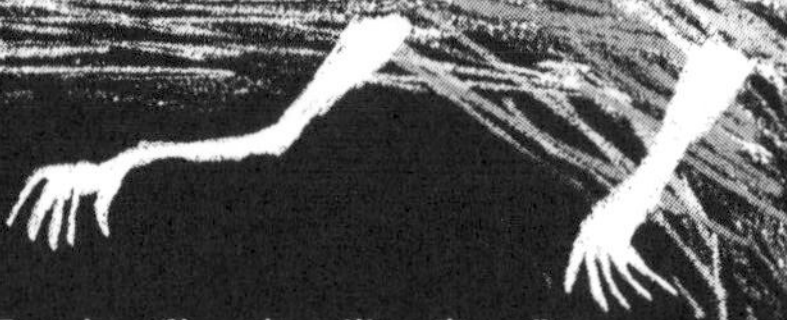
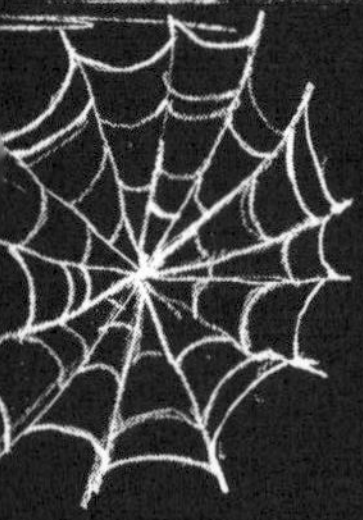

もくじ

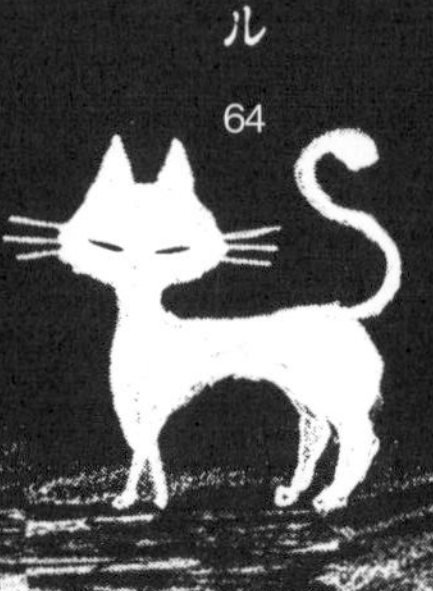
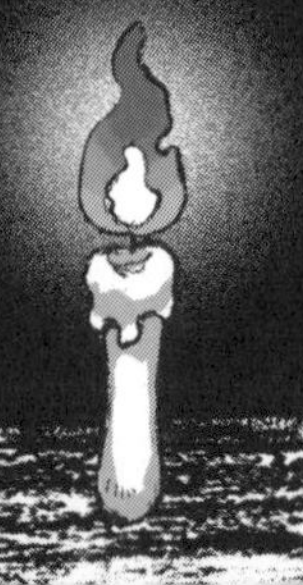

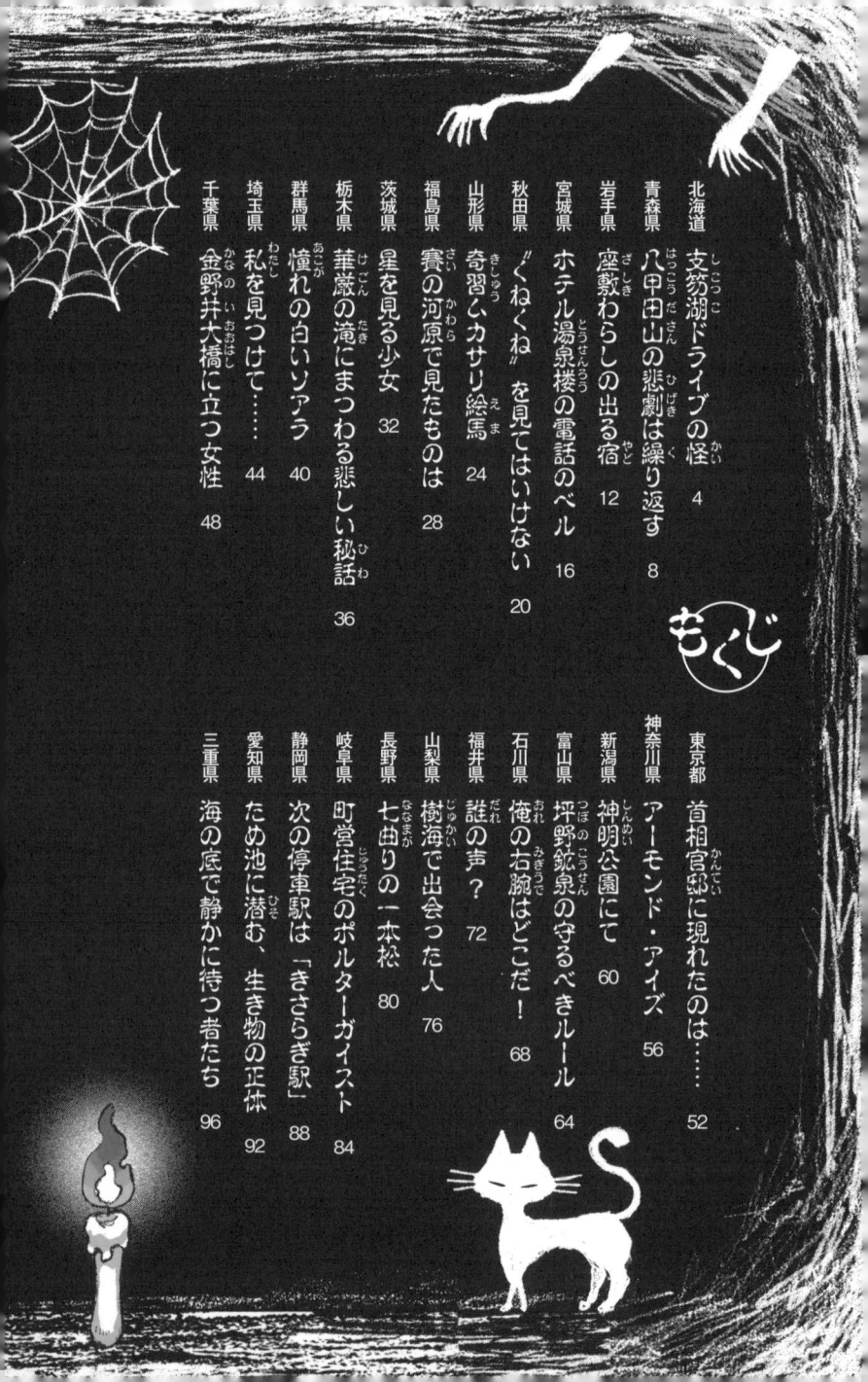

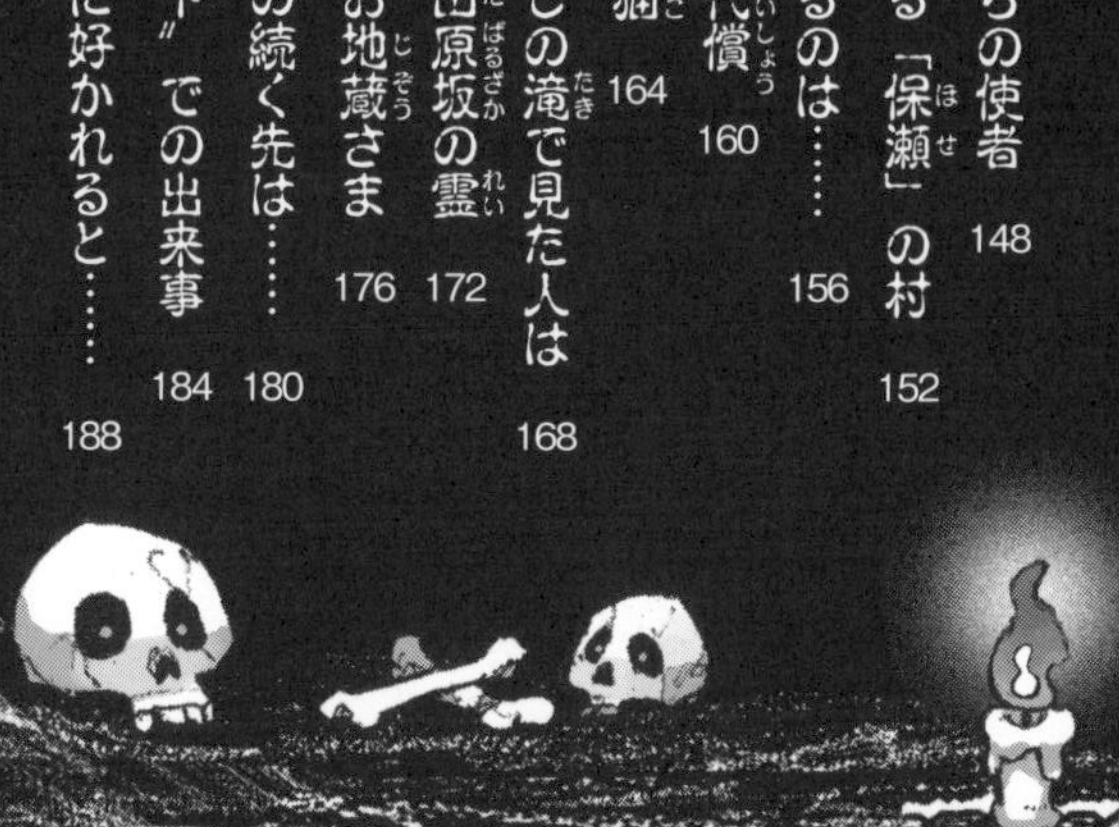

北海道

支笏湖《しこつこ》ドライブの怪《かい》

きっかけは、お兄ちゃんの悪ふざけだった。

来月、支笏湖《しこつこ》に遠足に行く私《わたし》に、あそこは心霊《しんれい》スポットとして有名なんだぞ、と嬉々《きき》として話し始めたのだ。

「支笏湖《しこつこ》のほとりを車《くるま》で走《はし》っているとな、なんと一〇〇キロ以上のスピードで走るおばあさんが追いかけてきて、抜《ぬ》き去《さ》って行くんだぜ！」

「支笏湖《しこつこ》のあたりをドライブしていると、ヘッドライトが片方《かたほう》切れているセリカが後ろにピッタリとくっついて、あおってくるんだ。しかも、一度ついて来られたら最後、事故を起こすまで絶対に離《はな》れないんだって！　地元では『片目のセリカ』って言われていて、みんなから恐《おそ》れられているんだぞ！　お前もセリカを見つけたら、ライト切れてないか、よく見ろよ！」

「しつこいなー！　やめてよー」

耳を塞いでお母さんの元へ逃《に》げる私《わたし》を追って、お兄ちゃんの話はどんどんエスカレートしていった。

「そもそも昔は、支笏湖《しこつこ》を〝死骨湖《しこつこ》〟って書《か》いていたんだ。なんでかっていうと、たくさんの人が死んで、すっげー数の骨《ほね》が沈《しず》んでいる死の湖だからなんだってさ」

もうやめてよぉと半泣《はんな》きになった私《わたし》を見て、ついにお母さんが怒《おこ》った。

「いいかげんにしなさいっ！　だいたい支笏湖《しこつこ》の由来《ゆらい》はアイヌ語の『シ・コッ』で、大きな窪地《くぼち》って意味でしょう！　適当なこと言《い》って、ユミを怖《こわ》がらせないのっ！」

それでもなお、

「でもさ、支笏湖《しこつこ》で死ぬと、湖の中の木や藻《も》にひっかかって、死体が二度と浮《う》かんでこないって言うじゃん」

と、言いつのるお兄ちゃんを見て、お父さんがニヤニヤした顔で言った。

「そうかぁ、ユウイチはそんなに支笏湖《しこつこ》に行きたかったのか。よし、それじゃあ週末は支笏湖《しこつこ》ドライブだな！」


日曜日の支笏湖《しこつこ》は家族連れが多く、のどかな雰囲気《ふんいき》だった。

お兄ちゃんの話を思い出してビクビクしていた私《わたし》も、ペダルボートを漕《こ》いだり、野鳥の森でお弁当を食べたりしているうちに、すっかり怖《こわ》がる気持ちもなくなっていた。

帰りの車の中では、お兄ちゃんをイジる余裕《よゆう》さえ出てきていた。

「ねぇ、お兄ちゃん、『片目《かため》のセリカ』は探《さが》さなくていいのぉ？　あおられたら最後なんでしょ？」

「あっ、後《うし》ろからすごい速《はや》さで走ってる人が来るよ！　あ、なーんだ、バイクだー。お兄ちゃん、もしかして例《れい》のおばあさんが走ってるのと見間違《みまちが》えちゃった？」

と、その時。隣《となり》の車線からバイクが追《お》い越《こ》していった。

ヘルメット姿《すがた》のライダーの背中《せなか》のあたりに何か白い物が浮《う》いている。

「あれ？　何だろう………えっ!?」

よく見ると、ライダーの背中《せなか》ごしに、白髪頭《しらがあたま》のおばあさんがこっちを向いてニヤッと笑った。

青森県

八甲田山《はっこうださん》の悲劇《ひげき》は繰《く》り返す

「今日はあったかいし、絶好《ぜっこう》のスノボ日和《びより》だな！　早く滑《すべ》ろう！」

僕《ぼく》は、高校の同級生のナオキと八甲田山《はっこうださん》へ遊びに出かけた。八甲田山《はっこうださん》には湿《しっ》原《げん》を回る散策《さんさく》コースがあって初夏には来たことがあるけど、冬山は初めてだ。雪でキラキラと輝《かがや》くゲレンデへ行って、午前中から思いっきりスノーボードを楽しんだ。

途中《とちゅう》、山のロッジでひと休みしたときのことだった。

「君《きみ》たち、午後もスノーボードをするのかい？　これから天気が急変《きゅうへん》するかもしれない。気を付けたほうがいいよ」

そんな風《ふう》に声をかけてきたのは、一人の老人だった。

こんなに天気がいいのにおかしなこと言うなと、心の中で思いながらも、

「ご親切に、ありがとうございます」

とお礼を言うと、その老人は、八甲田山《はっこうださん》で起きた遭難事故《そうなんじこ》の話をし始めた。

それは、日露戦争《にちろせんそう》の開戦前におこなわれた雪中行軍《せっちゅうこうぐん》のことだという。

「それは、今日みたいにいい天気の日だった。ところが、天気が急変《きゅうへん》して猛吹雪《もうふぶき》になってな。訓練中に多くの兵士が命を落としてしまったんだ。わずか五日間の雪中行軍《せっちゅうこうぐん》で、二一〇人のうち一九九人もの命が失われてしまった」

そんな話、はっきりいって若《わか》い僕《ぼく》たちにとっては、遠い昔話にしか聞こえなかった。そんな気持ちを察したように老人は続けた。

「平成九年にも青森駐屯《ちゅうとん》第五普通科《ふつうか》連隊の訓練生がガス中毒事故によって三人がなくなっている。それに、戦前の遭難事故《そうなんじこ》が起きてからというもの、冬の八甲田山《はっこうださん》では、不思議な恐怖《きょうふ》体験をする人が後《あと》を絶《た》たないんだ」

「えっ。どういうことですか？」

「私《わたし》も何度か経験しているんだよ。雪山で人の形をした影《かげ》のようなものを見たし、車の運転中には、雪中行軍《せっちゅうこうぐん》の霊《れい》たちに囲まれて肝《きも》を冷やしたことがある」

ほかにも、雪山で軍隊が行進するような音を聞いたといううわさがあると老人は話した。

「いまどき、あんな話ないよなぁ」

「きっと観光客だと思ってからかってるんだよ」

僕《ぼく》とナオキは笑いながらすぐに老人の話など忘《わす》れて、スノーボードに夢中になった。

「なぁ、ここ、どのへんだろう？」

数時間後、あっという間に山の天気が急変《きゅうへん》し、僕《ぼく》たちは吹雪《ふぶき》の中、ゴンドラの場所さえもわからなくなっていた。

ナオキと身を寄せ合って寒さをしのいでいると……。

ザッ、ザッ、ザッ、ザッ……。

「な、なんか、聞こえないか？」と、ナオキがつぶやいた。確かに、少し離《はな》れたところでたくさんの人が歩くような音がする。

「なんだか軍隊が行進しているような音だな」

と、ナオキが気味の悪いことを言う。僕《ぼく》はロッジで会った老人の話を思い出していた。ナオキもそうだったに違《ちが》いない。

恐《おそ》る恐《おそ》る僕《ぼく》とナオキが音のする方を見ると、白く煙《けむ》る吹雪《ふぶき》のなか、不自然なほどに青白く強い光が浮《う》かんでいて、足音と一緒《いっしょ》にどんどん近づいてくる。

ザッ、ザッ、ザッ、ザッ……。

「ギャー！」

気が付くと、僕《ぼく》たちは数えきれないほどの軍服姿《ぐんぷくすがた》の霊《れい》に取り囲まれていた。

岩手県

座敷《ざしき》わらしの出る宿《やど》

「昨日夜中に男の子が遊びに来たんだけど、あの子どこの子かなぁ？」

弟の一言に、家族全員の目が点になった。

「ちょっと変なこと言わないでよ、ユウキ！」

「旅館に泊まるなんて久々だから、興奮《こうふん》して夢でも見たんじゃないのか？」

両親が口々にそう言っても、弟は首を横に振っている。

「本当にいたんだよ！　僕《ぼく》の布団の周りをぐるぐる回って……」


その時、朝食を運んできてくれた仲居《なかい》さんが弟に話しかけた。

「その男の子、どんな格好《かっこう》だったか覚えてるかな？」

「えっとねえ、おかっぱ頭で白い着物を着ていたよ！」

仲居《なかい》さんは全然驚《おどろ》いている様子《ようす》もなかった。むしろ、弟の話を聞いてニコニコと笑いだした。

「それは、きっと座敷《ざしき》わらしね！　会えてラッキーだったわね」

「座敷《ざしき》…わら…し？」

「そう、子どもの妖怪《ようかい》よ。妖怪《ようかい》といっても人に危害《きがい》を加えることはなくて、家の守り神としてお手伝いもしてくれるの」

「たしか、この近くの『緑風荘《りょくふうそう》』という宿《やど》に座敷《ざしき》わらしが現れるって聞いたことがあるなぁ。でもそこは火事で全焼してしまったんですよね？」

お父さんが仲居《なかい》さんに訪《たず》ねた。

「ええ。その火事の時も『早く、逃《に》げて！』という子どもの声が、どこからともなく聞こえたらしいですよ。そのおかげなのか、従業員《じゅうぎょういん》や宿泊客《しゅくはくきゃく》は全員無事でした。ほかにも、敷地内《しきちない》の神社に逃《に》げ込《こ》む男の子を目撃《もくげき》した人や、燃《も》え盛《さか》る炎《ほのお》の中から舞《ま》い上《あ》がる青白い光の玉を見た人もいたとか。火事の後は、うちみたいな近くの宿《やど》にも現れるようになったみたいですねぇ」

仲居《なかい》さんの話を聞いて怖《こわ》くなった僕《ぼく》とは対照的に、弟はうれしそうにしている。

「やっぱり座敷《ざしき》わらしはいい子なんだね！　みんなを火事から助けてくれたんだ！　でも、もう一回会いたかったなぁ……」


出発の時間になっても弟はキョロキョロと周りを見回していた。

「ほら、ユウキ行くぞ。はやく車に乗って」

「うん……」

走り出した車の中からも、弟は旅館の方をずっと見ていた。

「あっ！！」

急いで窓《まど》を開けた弟は、「バイバーイ！　またね！」と言って大きく手を振《ふ》った。その方向を見たけど、僕《ぼく》には何も見えなかった。

宮城県

ホテル湯泉楼《とうせんろう》の電話のベル

温泉街《おんせんがい》に住んでいる子どもにとっては、幽霊《ゆうれい》話なんてどこにでも転がっている話だ。なんたって、街のあちこちには古い旅館がたくさん。そりゃあ人の死んだ部屋くらいあるし、温泉《おんせん》の事故で死んじゃう人だっているんだから、怪談《かいだん》ネタの一つや二つ、みーんな持ってるってわけ。

当然ながら、全国的に有名な鳴子温泉《なるこおんせん》の近くに住んでいるオレたちにとっては、夏休みの肝試《きもだめ》しなんて、ドキドキもない慣れっこのイベントだった。

「でも、先生が言うには〝ホテル湯泉楼《とうせんろう》〟だけは本当にヤバいって！　マジ顔《がお》で絶対に行くなって言ってた」

というのは、同級生のサトシ。あ、先生といっても、学校のじゃなくて、サトシの家庭教師《かていきょうし》をやってる大学生のこと。

「それって、あの街のはずれにある、もうやってないけど、まだ取り壊《こわ》してないとこ？」

「そう！　昔、火事があって、いっぱい人が死んでるんだって！」

「ウッソだー！　だって、あそこでテント張って野宿してる外国人見たことあるよ」

「去年だってほかの古い旅館の、掛《か》け軸《じく》の裏《うら》に御札《おふだ》が貼《は》ってある部屋で一晩《ひとばん》みんなで過ごしたけど、何もなかったじゃん。どうせ、そこも何もないって」

「でも、ホテル湯泉楼《とうせんろう》の中には無数の霊体《れいたい》がいるから、霊感《れいかん》があるヤツだと、入り口に近づくだけでも悪寒《おかん》がするって。霊能者《れいのうしゃ》たちは、絶対に立ち入るなって警告《けいこく》してるらしい」


で、そこまで言うなら行ってみようじゃないかってことで、結局、今年の肝《きも》試《だめ》しは「ホテル湯泉楼《とうせんろう》」に決まった。三人ずつの二チームに分かれて、第一陣《だいじん》は、言いだしっぺのサトシと、絶対に何も出ないと言うリカ、そしてオレ。同じクラスのモモカとトモ、ユウタは第二陣《だいじん》で、建物の入り口で待つことにした。

バリケードをくぐって、昔はホテルとして使われていた建物の入り口まで来た。人がいなくなった建物が荒《あ》れるのは、本当にあっという間だ。元々は立派《りっぱ》なホテルだったらしいけど、もうすでに〝お化《ば》け屋敷《やしき》〟っぽさ満点。

「うわー、すっごいクモの巣。フロントもホコリだらけだね。あっ、見て見て！これ、黒電話《くろでんわ》ってヤツじゃない？　レトロ！　ねぇねぇサトシ、写真撮《と》って！」

ぜんぜん怖《こわ》がる様子《ようす》のないリカが、受話器を耳にあててポーズをとる。

「あれ？　プーって鳴ってるよ。まさか、まだ使えるのかな？　あ！　外で待ってるモモカたちに電話したら驚《おどろ》くかも！」

楽しげにダイヤルの数字に指をかけて回し始めた、そのときだった。

「ねえ、電話線切れてる……よね？」

カメラを構えていたサトシが、震《ふる》える指で切れた電話線の端《はし》っこを差《さ》した。

トゥルルル、トゥルルル……。

時間が止まっているような部屋の中で、リカの持つ受話器から、かすかに呼び出し音が聞こえる。

「え、でも鳴ってる……」

「切れっ！　みんな逃げろ──っ！」

トゥルルル……。カチャ。

受話器の向こうで、誰かが電話をとった音がしたその瞬間《しゅんかん》、オレたちは叫《さけ》び声《ごえ》をあげながら必死で逃《に》げ出した。

いったい、あの電話がどこに、誰《だれ》につながったのか。考えたくもない。

秋田県

〝くねくね〟を見てはいけない

青空にくっきりと映《は》える入道雲《にゅうどうぐも》。大人の背丈くらいある夏草が生《お》い茂《しげ》った道を、車はどんどん進んでいく。

「ねぇパパー。お腹《なか》すいたー！　まだおばあちゃん家《ち》に着かないのー？」

「もう少しだよ、リコ。ママとおばあちゃんの特製そうめんが待ってるぞ！」

秋田県の実家に帰省する時は、兄のお見舞《みま》いが恒例《こうれい》になっている。今日の兄は機嫌《きげん》が良いらしく、リコと一緒《いっしょ》に童謡《どうよう》を歌っていた。兄の心の時間は、九歳《さい》のまま止まっている。

「そうめんもかぼちゃの天ぷらも美味《おい》しいー！」

満足そうに天ぷらを頬張るリコの口元を拭《ふ》きながら、妻が聞いてきた。

「お兄さんの具合はどうだった？」

「うん、相変わらずだ。元気だったよ」

「前から気になっていたんだけど、どうしてあんなことになったの……？」

口ごもる私《わたし》の横に座《すわ》っていた母が、カタリと箸《はし》を置いた。

「……〝くねくね〟のせいよ」

三〇年くらい昔の話。私《わたし》にとって一歳違《さいちが》いの兄は絶好の遊び相手だった。その日も暑い夏の日で、祖父に借りた双眼鏡《そうがんきょう》を手に探検《たんけん》ごっこをしていた。

「あんなところで、何をしているんだろう？」

田んぼの中央で真っ白な物体がくねくねと動いている。それは踊《おど》っている人にも白い鳥にも見え、存在《そんざい》に気づいた兄は双眼鏡《そうがんきょう》を覗《のぞ》き込《こ》んだ。そのとたん、兄の顔色が変わり、これまで聞いたことが無いような低い声で私《わたし》に言った。

「お前は……見ては……いけない。分からない方が……いい……」

私《わたし》はパニックになり、すぐに家族を呼《よ》びに行った。それからのことはあまり覚えていない。その後、兄は精神を病んでしまい、入院することになった。

「昔からこのあたりでは〝くねくね〟と呼《よ》ばれていて、その正体《しょうたい》は誰《だれ》も分からないの。ただ、見た人はみんな、発狂《はっきょう》してしまう。サトルのように……」

壁《かべ》に飾《かざ》られた古い兄の写真を見ながら、母は淋《さび》しそうにつぶやいた。私《わたし》も妻もそれ以上話すことはなかった。

「パパー！　遊んでー！！　リコお散歩したーい！」

「ねえ、パパー、田んぼに大きな白い鳥がいる！　一緒《いっしょ》に捕《つか》まえに行こうよー。ねぇねぇ！」

昼食の後、二階の部屋でウトウトしていたところを、リコお得意《とくい》の〝かまってちゃん攻撃《こうげき》〟が始まった。

「いま疲《つか》れているから、もうちょっと休ませて」

「やだー！　だって鳥さん逃《に》げちゃうもん。早くー」

しばらくリコとの攻防戦《こうぼうせん》が続いたが、諦《あきら》めたのか別の部屋に移動したらしい。通り抜ける午後の風は気持ちよく、私《わたし》は眠《ねむ》りに落ちた。


そらから30分くらい経ったただろうか。妻の声で起こされた。

「あなた、リコ見かけなかった？　まったくどこ行っちゃったのかしら？」

「あいつ、本当に白い鳥を捕《つか》まえに行ったんじゃないだろうな」

「白い鳥!?　そういえば玄関にあった虫取り網や双眼鏡《そうがんきょう》が無くなって……」

妻は言葉を失い、私《わたし》は背中《せなか》に冷たいものが走るのが分かった。

「リコーっ！！」

山形県

奇習《きしゅう》ムカサリ絵馬《えま》

夏の終わりに、友達のミサキと山形県へ旅行した。ミサキは、私《わたし》が通っている東京の大学で、超常現象《ちょうじょうげんしょう》サークルの仲間でもある。旅の最終日。

「ちょっと変わった神社があるらしいんだけど行ってみない？」

とミサキが言い出した。

町のはずれにある神社に、風変《ふうが》わりな絵馬《えま》がたくさん奉納《ほうのう》されているという。

山形県の天童市《てんどうし》出身のミサキは、さすがに観光スポットやグルメにも詳《くわ》しくて、旅行ではミサキがいろいろプランを立ててくれた。

神社に行くのは予定していなかったけど、私《わたし》もミサキも〝不思議なコト好き〟なので、すぐに興味がわいた。

「風変《ふうが》わりな絵馬《えま》って、どんなの？」

「子どもの頃、おばあちゃんに聞いた話なんだけど、ムカサリ絵馬《えま》っていうの。ムカサリは、方言で「結婚《けっこん》」のことみたい。描《えが》かれているのは、はやくに亡《な》くなってしまった人らしいんだよね。婚礼衣装《こんれいいしょう》を着た亡《な》き人を描《えが》いて、絵の中で架空《かくう》の結婚式《けっこんしき》をあげるものなんだって」

山形県を含む東北地方には、「冥婚《めいこん》」という奇妙《きみょう》な風習《ふうしゅう》が残っているようだ。

「山形県の天童市《てんどうし》や山形市などに伝わるムカサリ絵馬《えま》は、その一つみたいね」

子どもや兄弟姉妹を早くに亡《な》くした家族が、あの世で寂《さび》しくないようにという想いから始まった風習《ふうしゅう》のようだ。

この「冥婚《めいこん》」という奇妙《きみょう》な風習《ふうしゅう》、中国や東南アジアでも見られるらしい。その多くは人形を用いて架空《かくう》の結婚式《けっこんしき》をあげるが……。

「今でも中国の奥地《おくち》だと、冥婚《めいこん》のために人が誘拐《ゆうかい》されて殺される悲劇《ひげき》が繰《く》り返されているんだって」

細い山道を歩いてたどり着いた神社は、木立《こだち》の影《かげ》になっているからか、夏なのに空気がひんやりとしている。

神社に着くと、まず住職《じゅうしょく》に挨拶《あいさつ》をしてから神社に入れてもらった。壁《かべ》には、数えきれないほどの絵馬《えま》が掛《か》けられている。

「うわぁ、すごい数だね」

「うん、ホントにすごい。なんだか圧倒《あっとう》されちゃう」

「あれ？　あの絵馬《えま》に描《えが》かれているお嫁《よめ》さん、なんだかミサキに似てない？」

「やめてよ。あ、でも、たしかに……えっ、それよりその横の男性……」

と、急にミサキが青ざめた。

そのとき、先ほど挨拶《あいさつ》をした住職《じゅうしょく》の言葉を思い出した。

「ムカサリ絵馬《えま》には、気を付けなければならいないことがあります。それは、絵馬《えま》に描《えが》く亡《な》き人の配偶者《はいぐうしゃ》は、架空《かくう》の人物でなくてはならないということです。もし、実在する人物を描いてしまった場合、その人はあの世へ連れて行かれてしまうと古くから言い伝えられています」

言葉を失い、立ち尽《つ》くすミサキに私《わたし》は聞いた。

「あの男性に見覚えあるの!?」

「子どもの頃、よく遊んでた幼《おさな》なじみに似てる気がする。シュンくん。じつは高校生の時、交通事故で急死して……」

そこまで話すと、ミサキは気を失い倒《たお》れ込《こ》んでしまった。

もしその絵馬《えま》が、シュンくんの家族が奉納《ほうのう》したものだったとしたら。そしてもし、シュンくんがミサキを好きで、その想いを絵馬《えま》で叶《かな》えてあげようと考えたのだとしたら…。私《わたし》はぐったりするミサキを介抱《かいほう》しながら考えていた。

福島県

賽《さい》の河原《かわら》で見たものは

高校生になって初めての夏。ケンジ、タクミ、リョウ、そして俺《おれ》の四人は、いわき市にある七浜《ななはま》海岸に海水浴に来ていた。浜辺《はまべ》でコーラを飲みながらひと休みしているとリョウが突然《とつぜん》立ち上がった。

「あれ？　あそこに洞穴《ほらあな》みたいなのがあるよ」

リョウが指差した先を目で追うと、海水浴場のはずれにある岩場に、小さな洞窟《どうくつ》のようなものが見えた。

「何だろう、あそこ。怖《こわ》いな」

「ちょっと行ってみようぜ！」

タクミとケンジが同時に声を出した。

「何だよ、タクミ。ビビッてんじゃねぇよ！　じゃあお前は荷物番してろよ」

とケンジは言い、結局三人で洞窟《どうくつ》へ行くことになった。

洞窟《どうくつ》の中をのぞくと、岩壁《がんぺき》には無数のお地蔵様《じぞうさま》と、お供《そな》えされたたくさんの人形たち、そして、積み上げられた小石が見えた。誰《だれ》かがあげたのか、お線香《せんこう》の香《かお》りがほんのりと漂《ただよ》っている。

「わっ！！　だ……誰《だれ》かいる！」

リョウが大声を上げて抱《だ》きついてきた。

洞窟《どうくつ》の奥《おく》で熱心に小石を積み上げている髪《かみ》の長い女性が見えた。俺《おれ》たちに気がつくと、立ち上がってお辞儀《じぎ》をした。

「驚《おどろ》かせてしまって、ごめんなさい」

「あ……あの、何をやっているんですか？」

俺《おれ》がたずねると、女性は少し悲しげな表情を浮《う》かべた。

「ここは賽《さい》の河原《かわら》と言って、子どもを供養《くよう》する場所なんです。仏教では、子どもが親より先に死ぬことは大変な罪なので、すぐには極楽浄土《ごくらくじょうど》へは行けず、賽《さい》の河原《かわら》で石を積んで塔《とう》を作らなくてはいけないのです」

「それがこの積み上げた石なんですか？」

「ええ。子どもたちの霊《れい》は、必死になって石の塔を作ろうとします。でも塔《とう》が完成する前に、地獄《じごく》の鬼《おに》たちがその塔《とう》を壊《こわ》してしまう。だから残された親たちは、子どもに代わって石を積み上げて、塔《とう》を作るのです」

「じゃあ、あなたも…」

と言いかけた瞬間《しゅんかん》、前にいたケンジが塔《とう》を足で崩《くず》し始めた。

「どうせ鬼《おに》が崩《くず》しちゃうんだったら、俺《おれ》もやっちゃおうかなー。あはははは！」

「お前何やってるんだよ！　よせっ！」

あっけにとられている女性を前に、俺《おれ》たちは力ずくでケンジを止めた。

「ちょっとふざけただけじゃないかよ！　俺《おれ》、先に戻《もど》ってるぜ」

バツが悪くなったのか、ケンジは洞窟《どうくつ》から出ていった。俺《おれ》とリョウは女性に謝って、崩《くず》れてしまった石の塔《とう》を直したあと、浜辺へ戻《もど》った。


「え？　ケンジ？　まだ戻《もど》って来てないよ」

タクミが不思議そうな顔をして答える。俺《おれ》はイヤな予感がした。

その後、必死になってケンジを探《さが》したが見つからず、警察《けいさつ》や学校の先生、ケンジの両親も来て大騒《おおさわ》ぎになった。しかし、結局ケンジは見つからなかった。


あとで聞いた話だが、ケンジが行方不明になった数カ月後に、ケンジの両親は賽《さい》の河原《かわら》に行ったそうだ。そこで、ケンジの供養《くよう》のために小石の塔《とう》を作っていると、耳元でこんな女の声がしたらしい。

「お前らの息子が、あんなことさえしなければ……」

茨城県

星を見る少女

僕《ぼく》は、国立筑波《つくば》大学に通う大学生だ。茨城《いばらき》県つくば市が学園都市と称《しょう》されるのは、うちの大学があるからだけじゃない。民間の研究機関もたくさん集まっていて、日本でも最先端《さいせんたん》の研究が行われているからだ。

この学園都市には、じつは奇妙《きみょう》なうわさが多くあって、つくば市に住んでいる人はもちろん、大学や研究機関の人たちの間まで広く知られている。

うわさ話の数々は、怪談系《かいだんけい》から陰謀説《いんぼうせつ》まで幅広《はばひろ》くて、好奇心《こうきしん》をくすぐられるようなものばかりだ。

僕《ぼく》は、ある日、そういった奇妙《きみょう》なうわさを耳にするだけじゃなくて、実際に〝体験〟してしまった。

夏が終わり、空が澄《す》みわたって、星がきれいに見える日のことだった。

僕《ぼく》は高校で天文部に入っていたこともあって、今でも星を見るのが大好きだ。とくに秋の星空は最高で、過ごしやすくなる秋の夜長は、天体観測にぴったりだと思う。


その日は、レポートの〆切《しめき》り間近《まぢか》で、帰《かえ》りが遅《おそ》くなってしまった。そろそろ家に帰ろうと校舎の脇《わき》を歩きながらふと空を見上げると、カシオペア座《ざ》が輝《かがや》いている。

「今日は、空気が澄《す》んでいるから、とくに星がきれいに見えるな」

そんなことを思いながら視線《しせん》を校舎へ移すと、「平砂宿舎六号棟《ひらすなしゅくしゃとう》」の四階の窓辺《まどべ》に人影《ひとかげ》を見つけた。髪《かみ》の長い女性のようだ。

「彼女《かのじょ》も星をながめているのかもしれないな」

翌日《よくじつ》もその翌日《よくじつ》も、彼女《かのじょ》は、四階の部屋の窓辺《まどべ》で夜空を見上げている。僕《ぼく》は、だんだんその子のことが気になってきた。

「ロマンチックな子だな。今日も夜空を見上げてる……」

同じ星空を見ていることでなんだか親近感がわいてきて、僕《ぼく》はその子のことが好きになってしまった。

数日後のこと。僕《ぼく》は、決心した。

「彼女《かのじょ》のいる四階まで行ってみるんだ。思い切って話しかけてみよう」

外から見てみると、今日も彼女《かのじょ》は一人で星を見ている。

もしかしたら、彼女《かのじょ》もどこかの高校の天文部だったのかもしれない。とにかく勇気を出して話しかけて、星の話でもしてみよう。

トン、トン。

ドキドキしながら、「平砂宿舎六号棟《ひらすなしゅくしゃろくごうとう》」の四階のドアをノックする。でも、なぜか彼女《かのじょ》は出てこない。

「おかしいな。確かにいるはずなのに……」

しばらくドアの外で待ってみたけれど、やっぱり彼女《かのじょ》は出てこない。そのうち僕は、彼女が動く物音すらしないことに気が付いた。

「もしかしたら、気分が悪くなって倒れたりしてるのかも」

心配になった僕《ぼく》は、管理人に話して部屋を開けてもらった。すると……。

確かに彼女《かのじょ》はいた。でも、彼女《かのじょ》が僕《ぼく》の方を振《ふ》り返ることはなかった。彼女《かのじょ》は窓辺《まどべ》で首をつって死んでいた。そう、僕《ぼく》が毎晩《まいばん》見上げていたのは、首をつった少女の姿《すがた》だったのだ。

栃木県

華厳《けごん》の滝《たき》にまつわる悲しい秘話《ひわ》

「わーっ！　こんな大きな滝を見るの初めてー！」

「きれいだけど、落ちたら痛《いた》そうだねー」

「ばーか。痛《いた》いって思《おも》う前《まえ》に死《し》んじゃうよー」

　ここは、日光の観光名所・華厳《けごん》の滝《たき》。今日もたくさんの小学生が修学旅行で訪《おとず》れ、にぎやかな雰囲気《ふんいき》に包まれている。ミズキも夢中でデジカメのシャッターを切る。

「そんなに撮《と》ってばっかりいないで、ミズキも一緒《いっしょ》に映《うつ》ろうよ！」

　親友のエリの呼《よ》びかけに顔を上げたミズキは、手で髪《かみ》を直して微笑《ほほえ》んだ。

「そうだね。じゃあ、あの人にお願いしよう！」

同じ修学旅行生らしき学ランを着た学生に撮影《さつえい》をお願いすると、華厳《けごん》の滝《たき》を背《せ》に、ミズキとエリは満面の笑顔でピースをした。

「どうもありがとうございました！」

ミズキがお礼を言うと、学生は静かな笑みを浮かべた。知的で丹精《たんせい》な顔立ちが、なぜだか印象に残った。


そして、帰りの電車の中で事件は起こった。

「きゃー！」

ミズキのデジカメの写真をチェックしていたエリが悲鳴をあげた。

「ミズキ、ヤバいよ。この写真、気持ち悪いものが映《うつ》ってる！」

恐《おそ》る恐《おそ》るミズキが写真を見ると、華厳《けごん》の滝《たき》と笑顔の二人が映《うつ》っていた。

「もう、驚《おどろ》かさないでよ！　何もいないじゃない」

「違《ちが》うよ、私《わたし》たちの後ろ。滝《たき》の方をよく見て！」

エリが指差した部分をよく見ると、滝《たき》の中央部分にある岩が、人の顔のようにも見える。拡大《かくだい》してみると、悲しそうな表情を浮《う》かべた若《わか》い男性の顔がハッキリと分かった。ミズキは男性の顔に見覚えがあった。

「この人どこかで見た……。あっ！　これ私《わたし》たちを撮《と》ってくれた人じゃない？」

「え？　うそ。きゃー！　あの人だ！」

そこに騒《さわ》ぎを聞きつけてやって来た先生が二人を一喝《いっかつ》した。

「こら！　お前《まえ》たち、さっきからうるさいぞ。車内《しゃない》では静《しず》かにしろ！」

静まり返った二人だったが、すぐ先生に一部始終《いちぶしじゅう》を説明した。写真を見た先生は一瞬《いっしゅん》目を大きく見開き、すぐにiPadを取り出した。

「お前たちが見たのは、この人じゃないか？」

iPadの画面には、私《わたし》たちを撮《と》ってくれた男性の姿《すがた》があった。

「この青年の名前は藤村操《ふじむらみさお》といって、明治時代の人だ」

「明治時代……そんな昔の人だったんだ」

エリが驚《おどろ》いた顔をしている。

「藤村《ふじむら》が通っていた第一高等学校は当時の日本でも指折《ゆびお》りのエリート校で、彼《かれ》も将来《しょうらい》を期待されていた。しかし、一九〇三年五月二一日。自宅《じたく》を出た藤村《ふじむら》は学校ではなく日光へと向かい、翌日華厳《よくじつけごん》の滝《たき》へ身を投げた。エリートの自殺は当時の世の中に大きなショックを与え、華厳《けごん》の滝《たき》であと追い自殺する者が後を絶たなかったらしい」

「そんなことがあったんだ。怖《こわ》いけど……でも、悲しい話だね」

「うん……」

ミズキはエリの言葉に頷《うなず》いた。そして、あの藤村《ふじむら》の優《やさ》しい笑みを思い返していた。

当時一七歳だった藤村《ふじむら》には妹がいたという。藤村《ふじむら》は、自分の妹の姿《すがた》をミズキたちに重ねて、霊《れい》となって現れたのかもしれない。

群馬県

憧《あこが》れの白いソアラ

「ソアラがこの値段《ねだん》!?　すごい掘《ほ》り出し物だ！」

免許《めんきょ》取りたての僕《ぼく》が、その白いソアラを見つけたのは、群馬県の国道沿《ぞ》いの中古自動車店《ちゅうこじどうしゃてん》だ。ソアラというのは、トヨタから一九八一年（昭和五六年）に発売された高級自動車だが、付いていた価格は五万円。あまりの安さに目を疑《うたが》ったけど、あやしいところはない。即決《そっけつ》して、憧《あこが》れの白いソアラを手《て》に入《い》れた。

車が自宅《じたく》にやってきた日、もう待ちきれなくて、すぐに一人でドライブに出かけた。海沿《うみぞ》いを走っていると、おかしい……どこからか女性の泣き声が聞こえてくる。耳を澄《す》ますと、その泣き声は助手席から聞こえてくるじゃないか。

僕《ぼく》は身震《みぶる》いしながら、ブレーキを力まかせに踏んだ。すると、車の上から〝何か〟がゴロゴロと転がってボンネットでとまった。見てみると……。

「ぎゃー！」

その〝何か〟は、女性の生首だった。僕《ぼく》は、その場から逃《に》げだした。どうやって家まで帰ったのか憶《おぼ》えていない。それほど恐《おそ》ろしかった。

「こんな話をしても誰《だれ》も信じてくれるはずがない」

そう思いながらも、誰《だれ》かに話さずにはいられなくて、大学の同級生のケンタに話してみた。するとケンタは、〝白いソアラの噂《うわさ》〟を教えてくれた。

ある若《わか》い男性が、彼女《かのじょ》を誘《さそ》って白いソアラでドライブに出かけた。

彼女もその車を気に入ったようで、「天井《てんじょう》にも窓《まど》があるのね」と、スピードを出している車のサンルーフから顔を出すと、吹く風が心地よい。

ハンドルを握《にぎ》っていた男性は、前方に折れ曲がった標識が立っているのを見つけた。なぜか、丸い表示面が下に向いて折れ曲がっているではないか。ところが彼女《かのじょ》の様子《ようす》を伺《うかが》うと、道路脇《わき》の景色に気《き》をとられて標識に気付いていない。すると……声を掛ける間もなく、標識は巨大《きょだい》なカッターのように彼女《かのじょ》の首を斬《き》り落とし、首はボンネットに落ちて道路へと転がっていった。

その後、男性は発狂《はっきょう》し、入院したものの自ら命を絶ってしまったという。

そしてソアラは、転売を繰《く》り返して持ち主が代わるたび、女性の泣き叫ぶ声が聞こえたり、誰《だれ》もいないはずの助手席にぼんやりと女の姿《すがた》が浮《う》かび上がったり、ボンネットに転がり落ちてくる首を見るなどの怪奇《かいき》現象が起こるという。

「だからな、五万円という驚《おどろ》くような安さで白いソアラが売っていても、決して買ってはいけないんだ」

と、ケンタが僕《ぼく》に遅《おそ》すぎる忠告《ちゅうこく》をしてくれた。

埼玉県

私《わたし》を見つけて……

事件や事故が起こった後で、その場所が心霊《しんれい》スポットになることはよく聞く話である。しかし、まれにその逆のパターンもある。事件が発覚する前から幽《ゆう》霊《れい》が出るという噂《うわさ》が絶えなかったのが、埼玉《さいたま》県秩父《ちちぶ》市に存在《そんざい》する、とあるスポット。

事の起こりは一九七六年にさかのぼる。あるタクシーの運転手が、この近くを通りかかった時に、道ばたにうずくまっている女性を見た。

「具合でも悪いのかな？」

そう思った運転手は車を降《お》りて、女性に近寄った。

「あの、大丈夫《だいじょうぶ》ですか？」

運転手が声をかけると、女性はゆっくりと顔を上げた。すると女性の顔は目も鼻も口も無く、ドロドロにとけた皮膚《ひふ》だけが貼《は》り付いていた。

「う……うわぁぁ！！」

女性の顔を見た瞬間《しゅんかん》、運転手はのけぞり、急いで車に乗り込《こ》もうとした。すると女性は運転手の足をつかみ、こう言った。

「私《わたし》を……私《わたし》を見つけて……。」

頭が真っ白になった運転手は、全力で女性を払《はら》いのけて、すぐさま逃《に》げ出した。

それからというもの、その付近では「自分も顔が溶《と》けた女を見た」という目《もく》撃《げき》情報が続出し、霊《れい》が現れるという噂《うわさ》はすぐに広まっていった。ほかにも「白い人影《ひとかげ》を見た」とか「夏場なのに黒いセーターを着た女性がたたずんでいた」といった目撃談《もくげきだん》も出てきて、地元の人は近づかなくなっていた。

また、ある時から「おばけがでる」とペンキで書かれた大きな石が置かれ、移動させることも大変な重さだというのに、見るたびに置かれた場所が移動しているという不思議な現象も起こっていた。

そして、一年後に事態は急展開《きゅうてんかい》を迎《むか》える。

一九七七年、地元消防団の男性が、防火用具の点検のために、その付近にある貯水槽《ちょすいそう》のフタを開けてみたところ、異様《いよう》な臭《にお》いが漂《ただよ》っていた。貯水槽《ちょすいそう》の中をよく見ると、人間らしきものがプカプカと浮《う》いていた。

「死体だぁ！！」

この発見はたちまちニュースになり、静かな田舎町に衝撃《しょうげき》が走った。

死体は引き上げられる際に、首や胴体《どうたい》がちぎれるほど腐乱《ふらん》が進んでいた。その顔も身元が判明できないほどドロドロに溶《と》けていたという。警察《けいさつ》による検死の結果、死体は恋人《こいびと》によって無惨《むざん》にも殺された若《わか》い女性で、ちょうど幽霊騒《ゆうれいさわ》ぎが起こった一年前に、この貯水槽《ちょすいそう》に捨《す》てられていたという。

その後、女性と交際をしていた恋人《こいびと》は逮捕《たいほ》され貯水槽《ちょすいそう》も撤去《てっきょ》された。さらに貯水槽《ちょすいそう》の周りを覆《おお》うように茂《しげ》っていた木々も切られ、明るい雰囲気《ふんいき》に生まれ変わった。しかし、いったんは消えたかにみえた幽霊騒動《ゆうれいそうどう》だったが、近頃《ちかごろ》は再び目撃情報《もくげきじょうほう》が出始めている。

殺された女性の無念が晴れずに、いまだにこの辺りをさまよっているのかもしれないいし、まだ誰《だれ》にも気づかれていない、新たな死体が近くにあるのかもしれない……。

千葉県

金野井大橋《かなのいおおはし》に立つ女性

「せっかくの夏休みだ。久しぶりに海行かないか？」

ある年の夏のこと。俺《おれ》は、友人のカズヤを誘《さそ》って海水浴場へ出かけることにした。俺《おれ》とカズヤは大学からの付き合いで、いまはお互《たが》い社会人一年生だ。

夏の盛《さか》りの海水浴場はかなり混《こ》み合《あ》う。渋滞《じゅうたい》にはまるのは嫌《いや》だし、朝早く浜《はま》辺《べ》に着いておきたくて、俺《おれ》は夜遅《よるおそ》くなってから車を出した。同じ埼玉《さいたま》県に住むカズヤを途中《とちゅう》でひろって海へ向かう。

「仕事だと無理がきかないのに、遊びとなると寝なくても平気だよな」

そんなことを言って笑いあいながら、埼玉《さいたま》県から国道一六号線を使って千葉県の館山《たてやま》に向かって車を走らせる。朝までには十分に時間がある。少し霧《きり》が出《で》てきたこともあって、ゆっくりと車を走らせていた。

「あれ？　こんな時間なのに、誰《だれ》かいるな」

走る車の中でカズヤがつぶやいたのと、ハンドルを握《にぎ》る俺《おれ》が前方に女性の姿《すがた》を見つけたのは、ほぼ同時だったと思う。

「お、おい見ろ、あの格好！」

と、カズヤが女性を指差す。

なんと女性は下着を身に付けただけという格好だった。

その女性が霧《きり》のなかで立っていたのは、金《かな》野《の》井《い》大《おお》橋《はし》の上。金《かな》野《の》井《い》大《おお》橋《はし》というのは、江《え》戸《ど》川《がわ》をはさんで埼《さい》玉《たま》県と千葉県を結ぶ橋のことだ。

「罰《ばつ》ゲームかなんかか？」

「だな。きっと、仲間がどっかに隠《かく》れて見てるんだろ」

「動画、撮《と》ってたりして!?」

「じゃあ、盛《も》り上げてやらなくちゃ。ヒューヒュー！」

「お姉さん、がんばってー！」

俺《おれ》とカズヤは、女性の脇《わき》を通り過ぎる時、そんなふうにはやし立てながらおおいに盛《も》り上げた。

それからすぐ、金野井大橋《かなのいおおはし》を渡《わた》り終えようとしていた、その時だった。

「あれ……?」

俺《おれ》が何気なくバックミラーを見ると、先ほどの女性の姿《すがた》がこつ然と消えていたのだ。もしかしたら、金野井大橋《かなのいおおはし》の下を流れる江戸川《えどがわ》に落ちてしまったんじゃないかと心配になったが……。

「まさか。そんなわけないだろ。お前はホントに心配性なんだから。きっと、仲間と一緒《いっしょ》に引き上げたんだろ。あんなの長い時間やってたら、警察《けいさつ》に通報されちゃうよ」

と、カズヤが言う。

確かにそうだなと納得《なっとく》して、海に向かって車を走らせた。

橋の上で遭遇《そうぐう》した女性のことなどすっかり忘《わす》れていた数日後のこと。新聞を読んでいた俺《おれ》は、ある記事にくぎ付けになった。記事の見出しは『霧《きり》の夜、橋の上に女の幽霊《ゆうれい》が出る』。

記事の内容はこうだ。あの日、俺《おれ》たちと同じような会社員たちが、金野井大《かなのいおお》橋《はし》の上で下着姿《すがた》の女性を目撃《もくげき》したという。あんな姿《すがた》だったため、何か事件に巻《ま》き込《こ》まれたのではと心配した会社員たちは、女性に声をかけようとしたらしい。ところが、その姿《すがた》がふっと消えてしまったという。そして、警察《けいさつ》が地元の人たちに聞き込《こ》みをしたところ、「下着姿《すがた》の霊《れい》」を目撃《もくげき》した人が何人も出てきたというのだ。

きっと来年も再来年も、夏がくればカズヤを誘《さそ》って海水浴場へ行くだろう。でも、もう夜中に金野井大橋《かなのいおおはし》を渡《わた》るのはやめておこうと、俺《おれ》は心に誓《ちか》った。

東京都

首相官邸《かんてい》に現れたのは……

お菓子《かし》工場や自動車工場、それに消防署《しょうぼうしょ》。色々な所へ社会科見学に行ったけど、僕《ぼく》が一番思い出に残っているのは首相官邸《かんてい》だった。まぁ思い出というよりはトラウマに近い……。

「いま皆《みな》さんが歩いているここは、総理が会見する場所でもあります」

係の人の説明に「オーッ！」と歓声《かんせい》が上がる。運良く見学会に当選した僕《ぼく》たちのクラスは、皆《みな》テンションが高かった。その中でもひときわ目を輝《かがや》かせていたのが学年一の秀才《しゅうさい》・ナオトだ。彼《かれ》は熱心にメモを取り、係の人に積極的に質問をしている。

「ところで、首相官邸《かんてい》に幽霊《ゆうれい》が出るというのは事実なのでしょうか？」

ナオトの質問に皆《みな》が注目する。超常現象《ちょうじょうげんしょう》なんて全く信じなさそうなナオトの口から〝霊《れい》〟なんて言葉が出るのも意外だった。

「お前、そんな迷信を信じているのかよー」

「出るわけないじゃん」

みんなが口々に言うのを静止するかのように、係の人は言った。

「よくご存知《ぞんじ》ですね。はい、幽霊《ゆうれい》が出《で》るという噂《うわさ》はあります」

さっきまでの騒《さわ》がしさが嘘《うそ》のように、皆《みな》は静まり返った。

「歴代の首相の中には、この首相官邸《かんてい》で不思議な体験をされた方もいらっしゃるそうです。例えば、森喜朗《もりよしろう》元首相のお話が有名です」


その日、午前二時半頃《ごろ》に就寝《しゅうしん》した森元首相は、ドアノブをカチャカチャ回す音で目が覚めた。不審《ふしん》に思い「そこにいるのは誰《だれ》だ！」と一喝《いっかつ》すると、ピタリと音は止んだ。森元首相はすぐにドアを開けて廊下《ろうか》を見たが……何者かが絨毯《じゅうたん》を走り去る音だけがした。不審者《ふしんしゃ》だと思い警護《けいご》をするSPに確認《かくにん》したが、官邸《かんてい》内《ない》に誰《だれ》かが侵入《しんにゅう》した形跡《けいせき》は全くなかったという。ほかにも、庭に軍服を着た人がたくさんいたという話や、深夜に幽霊《ゆうれい》を見たという目撃談《もくげきだん》もあるそうだ。

「首相官邸《かんてい》に幽霊《ゆうれい》が出るという噂《うわさ》については、実際に国会で議論《ぎろん》されたこともあります。元々この場所は、犬養毅《いぬかいつよし》元首相が暗殺された『五・一五事件』の舞《ぶ》台《たい》でもありますし、多くの犠牲者《ぎせいしゃ》が出た『二・二六事件』も起こっています。色々な歴史がある場所ですから……不可解な現象が起こっても不思議ではないかもしれませんね」

と、係の人は丁寧《ていねい》に説明をしてくれた。

「ごめん、ちょっとトイレ行ってくる」

怖《こわ》い話を聞いていて肌寒《はだざむ》くなったせいか、僕《ぼく》は急にトイレに行きたくなった。

トイレはきれいで清潔だったが、ひんやりとした空気を感じた。早く皆《みな》の所へ戻《もど》ろうと思いながら用を足していると、不思議な音が聞こえてきた。

「ダッ……ダッ……」

周りを見回してみても誰《だれ》もいない。

「ダッダッ……ダッダッ……」

だんだんと音が近づいてくる。それは何人かが走ってくる足音のようだった。そして、その音は僕《ぼく》のすぐ近くまで迫《せま》ってきた。

「ダッダッダッダッ……ダッ！！」

真後ろで音が止まった瞬間《しゅんかん》、僕《ぼく》は悲鳴を上げ、後ろを見ないように全力で走った。一瞬《いっしゅん》、トイレの入り口にあった鏡に、軍服を着た男の人達が映《うつ》っているのが見えた。

神奈川県

アーモンド・アイズ

大学生活もあとわずかになり、初めての一人旅をすることにした。旅先に決めたのは、鎌倉《かまくら》。あじさいが見頃《みごろ》の時期で、観光名所でもある寺院へ足を運ぶ。

「うわぁ、あじさいすごくきれい！　写真たくさん撮《と》っちゃおっと」

さっき撮《と》った写真をＳＮＳにアップしながら、予約したホテルがある鎌倉《かまくら》の郊外《こうがい》へバスで移動していたときのこと。すぐ後ろの席に座る女子高生たちが、ヒソヒソと、でも、興奮《こうふん》しながら交わす会話が聞こえてきた。

「私《わたし》、昨日見ちゃった！　アーモンド・アイズ！」

その声の調子から、決して愉快《ゆかい》な話ではないことがわかる。

「えっ！　アーモンド・アイズって、あの噂《うわさ》の!?」

「そう。すごく怖《こわ》いのに目が離《はな》せなくて……、体が固まっちゃった」

「ねぇねぇ、どんな感じだった？」

「近所を歩いてたときなんだけど、見たことないバスが走ってて気になったんだよね。見ると、中に座《すわ》ってる子どもたちが、みんな窓《まど》の方を向いてるの」

「それは、みんな景色が見たくて窓の方を向いてたんじゃないの？」

「びっくりするのは、ここからなんだって。近づいて来たバスを見たら……、子どもたちの頭の形がみんなありえないくらいとがってるの。……で、目はアーモンドみたいな形をしてて……瞳《ひとみ》がなかったんだよ！」

「えっ。何それ。気持ち悪っ！」

「じつはさ、お兄ちゃんの友達にも見たことある人がいるって」

「同じバスかな!?」

「それがね、その友達が見たのはバスじゃないんだって。アーモンド・アイズの子どもたちがバス停の近くの地面を掘《ほ》ってて、やっぱり瞳《ひとみ》がなかったっていうの。その子どもたちは、地獄《じごく》に棲《す》む『餓鬼《がき》』だとか、『未確認生物《みかくにんせいぶつ》』だとか言われてるらしいよ……」

そのあと、女子高生たちは目的のバス停に着くと一緒《いっしょ》に降《お》りて行った。

「なんだろ、さっきの話。神奈川《かながわ》の都市伝説か何かかな？　高校生の時って、ああいう噂話《うわさばなし》に夢中になっちゃうんだよね。あるわけないのに……」

私《わたし》は自分《じぶん》の高校生活を振《ふ》り返りながら、旅の疲《つか》れが出たのか、いつのまにかウトウトしてしまった……。

ピンポーン。

誰《だれ》かが押《お》したバスの降車《こうしゃ》ボタンの音で目が覚めた。

「降《お》りるバス停まだかな」と、眠《ねむ》い目をこすりながら外を見ると……、対向車線にバスがいて、瞳《ひとみ》のないたくさんの子どもたちが私《わたし》の方を向いていた。

新潟県

神明《しんめい》公園にて

一カ月ほど前に新潟《にいがた》へ引っ越《こ》してきたマキは、娘《むすめ》のスミレを連れて家の近所を散歩するのが日課だった。

「スミレ、今日はちょっと遠回りして帰ろうか」

「うん！」

二人がしばらく歩いていると、木々に囲まれた静かな公園にたどり着いた。

「家の近くにこんな所があったなんて。へぇ、神明《しんめい》公園っていうんだ」

と、マキが園内を見渡《みわた》していると、スミレが「早く入ろうよ」とマキの腕《うで》を揺《ゆ》らしてくる。

昼間でも人影《ひとかげ》が少ない公園の中は、静寂《せいじゃく》な雰囲気《ふんいき》に包まれていた。

「ここは読書にピッタリだわ。いい穴場《あなば》を見つけちゃった」

マキはベンチに腰《こし》を掛《か》けて文庫本を読み出した。しばらくすると、近くの遊具で遊んでいたスミレが泣きながら駆《か》け寄ってきた。

「ママー！　あっちに男の人の顔が転がっていて怖《こわ》いー」

「えっ？　何を言ってるの、スミレ」

スミレが遊んでいた方向を見ても特に変わった様子はない。しかし、スミレが早く帰りたいと駄々《だだ》をこねるので、その日はすぐに公園を後にした。

それから数日後。日付が変わろうとしていた深夜に、玄関《げんかん》でバタンと音がした。夫・ケイタが帰ってきたのだ。

「うるさいなー。今何時だと思ってるのよ、スミレが起きちゃうでしょ！」

マキがケイタの顔を見ると、青ざめた表情をしている。

「俺《おれ》、今そこの公園で、変なものを見ちゃった……」

「え、変なものって……？」

「公園のトイレに寄ったら、隣《となり》の女子トイレに入っていく女の人を見たんだ。でも、足音も水の音もしないから気持ち悪いなと思ってさ。それで早く帰ろうと洗面所《せんめんじょ》で手を洗《あら》っていると、何か気配を感じるんだよ。で、何気なく上を見たら、白い顔をした女が、じーっと俺《おれ》の方を覗《のぞ》き込《こ》んでいたんだ」

「ねえ、本当にやめてよ、その冗談《じょうだん》笑えない！」

マキは怒鳴《どな》ったが、ケイタの顔は冗談《じょうだん》を言っているようには見えなかった。

翌日《よくじつ》、近所のカフェに立ち寄ったマキは、最近顔なじみになった店主に昨夜の出来事を話した。すると、やっぱりという顔で店主は語りだした。

「あの神明《しんめい》公園がある辺りって、江戸《えど》時代に処刑場《しょけいじょう》があったんですよ。それも、重い罪を犯した人が、見せしめのために大勢の人の前で首をはねられるような、いわくつきの場所だったみたいでね……」

マキは、初めてスミレと公園に行った日の出来事を思い出していた。

「まぁ大昔の話だし、公園も工事をしてきれいに変わったんだけど、実は数年前に、女子トイレで首吊《くびつ》り自殺があって」

「えっ、首吊《くびつ》り！　じゃあ夫がトイレで見たというのは……」

「たぶん、その女の人じゃないですかねぇ。私《わたし》の知り合いもね、夜中に白装束《しろしょうぞく》の女の幽霊《ゆうれい》を見たって言うんですよ。だからこの辺の人は気味悪がって、あんまりあそこの公園には行かないみたいだね」

「だから昼間でも人気《ひとけ》が無くて、静かなんですね」


カフェを出たマキは神明《しんめい》公園の前を通りかかった。と、ある一本の木に目が止まった。幹の不自然な凹凸《おうとつ》が人の顔のようにも見える。よく見ると、木の裂《さ》け目《め》からポタリ、ポタリと、赤い血のようなものがしたたり落ちていった。

富山県

坪野鉱泉《つぼのこうせん》の守るべきルール

「お母さん、明日はマイと出かけるね。夕ご飯は、外で食べてくる」

「あぁ、そうなの。マイちゃんと一緒《いっしょ》ね。で、どこに行くの？」

「えー。それはねぇ……秘密《ひみつ》！」

「何言ってるの！　行き先くらい言っていきなさいよ。心配でしょ」

「……はーい。隣《となり》の魚津市《うおづし》にある坪野鉱泉《つぼのこうせん》ってとこなんだ。えっと、おみやげ買ってくるから楽しみにしてて」


日曜の朝、私《わたし》は、同じ高校のマイと駅で待ち合わせをしていた。家族には内緒《ないしょ》にしているけれど、私《わたし》とマイの趣味《しゅみ》は心霊《しんれい》スポットめぐり。もちろん、いつも出かける時には、買い物とか遊園地に行くとか、適当な理由を言っている。

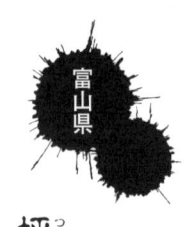

今回は、坪野鉱泉《つぼのこうせん》という「日帰り温泉《おんせん》」に行くってことにしておいた。

「お母さん、坪野鉱泉《つぼのこうせん》が心霊《しんれい》スポットって知ってたら、絶対行くの止められちゃうってヒヤヒヤした！」

「うちも！　お母さん世代には意外と噂《うわさ》は広まってないのかもね」

私《わたし》とマイがこれから行くのは、日帰り温泉施設《おんせんしせつ》なんかじゃない。魚津市《うおづし》の心《しん》霊《れい》スポットとして高校生の間で噂《うわさ》されているホテルの廃墟《はいきょ》だ。

なんでも、このホテルで自殺したオーナーの幽霊《ゆうれい》や、プールで溺《おぼ》れて死んだ子どもの幽霊《ゆうれい》が出るともっぱらの噂《うわさ》だ。

私《わたし》たちよりも先に行って、写真を撮《と》ってきた人たちも何人かいる。

「見た？　あの心霊《しんれい》写真！」

「うん！　ばっちり写ってたね。しかも、もし霊《れい》が出たとしても、凶暴《きょうぼう》だったり危険《きけん》だったりしないっていうから安心だよね」

「そうそう。ま、夏の最後の肝試《きもだめ》しって感じかな」

本当は、友達のコトネも行きたいって言ってたけれど、今回はマイと二人でこっそり行ってコトネを驚《おどろ》かせようという計画だ。

「写真いっぱい撮《と》ってコトネをびっくりさせようね」

「うん、撮《と》ろう撮《と》ろう！」

坪野鉱泉《つぼのこうせん》は、深い木々のなかに突然《とつぜん》、その姿《すがた》を現した。周囲に人がいないのを確かめてから、私《わたし》とマイは、かつてホテルだった建物のなかに入って行く。

荒《あ》れ放題の室内は、空気が重苦しくて、外の光はほんの少ししか入っていない。

「でも、幽霊《ゆうれい》の気配とか全然ないね。ちょっと拍子抜《ひょうしぬ》け」

「ほんとだね。とりあえず写真撮《と》ろっか」

私《わたし》が、ポケットからスマホを出そうとした時、にぎやかな電子音が鳴った。

「わっ！　もう、びっくりしたー！　誰《だれ》かと思《おも》ったらコトネじゃない。どうしたの？　え、新しく仕入れた情報があるの？」

「そうなの。坪野鉱泉《つぼのこうせん》に行ったことあるって友達に詳しく話聞いちゃった」

と、コトネは新情報をつかんで、なんだか自慢《じまん》げだ。

「あのね、坪野鉱泉《つぼのこうせん》は〝神隠《かみかく》しホテル〟っていう別名があるみたい」

「神隠《かみかく》し？」

「そう。坪野鉱泉《つぼのこうせん》に行《い》って行方不明《ゆくえふめい》になっている人《ひと》がたくさんいて、地元《じもと》の人《ひと》は、みんな『神隠《かみかく》しにあったんだ』って話してるらしい」

「そ、そんな……。あ、でもコトネの友達だって、何事もなく帰って来たんでしょ？」

「それはね、坪野鉱泉《つぼのこうせん》へ行く時に、絶対にやっちゃいけないことをちゃんと守ったから」

「えっ、絶対にやっちゃいけないことって何？」

「坪野鉱泉《つぼのこうせん》へ行く時、人に行き先を話しちゃいけないってこと。親にも言っちゃいけないんだって。あれ？　もしもし？　聞いてる？」

石川県

俺《おれ》の右腕《みぎうで》はどこだ！

医大生になって三年目の夏休み。俺《おれ》は一人で夏山登山に出かけた。その帰りにちょっとした不注意で山道から転落し、気がつくと病院のベッドの上にいた。

「先生、俺《おれ》……どうしたんですか？」

「もう大丈夫《だいじょうぶ》ですよ。しばらく入院が必要ですが、順調に回復しています」

事故の状況《じょうきょう》やここに運ばれた経緯《けいい》は全く覚えていないが、先生の言葉に少し安心した俺《おれ》は、再び眠《ねむ》りについた。

それからどれくらい眠《ねむ》っていただろう。夏の風が全身を駆《か》け抜《ぬ》けてゆく。ムワッと立ち込《こ》める草の香《かお》り、チクチクと刺《さ》さる芝生《しばふ》の感触《かんしょく》……。

「……どこだ、ここ？」

病院のベッドで寝《ね》ていたはずの俺《おれ》は、気がつくと野外に寝転《ねころ》がっていた。

「たしか前に来たことがある……ここは、卯辰山公園《うたつやまこうえん》だ」

金沢市郊外《かなざわしこうがい》の高台にある卯辰山《うたつやま》公園は、豊かな緑に囲まれた観光名所。ここから眺《なが》める夜景も美しく、夜でも訪《おとず》れる人は少なくない。

「まいったなぁ。一体どういうことだよ」

立ち上がろうとしたが体がうまく動かない。次の瞬間《しゅんかん》、俺《おれ》はあることに気がついた。

「えっ……。右腕《みぎうで》が……無い！！」

パニックになった俺《おれ》は、あたり構わず大声をあげ、道行く人達の前で、

「俺《おれ》の右腕《みぎうで》を知りませんか!?　右腕《みぎうで》を見かけませんでしたか!?」

と、問いただした。そんな俺《おれ》を多くの人達は無視《むし》して通り過ぎていくが、たまに俺《おれ》を見るなりギョッとした顔で逃《に》げ出す人もいた。そこに、見覚えのある

集団が近づいてくるのが見えた。

「あっ！　高山教授！　それに大木、中山、渡辺《わたなべ》も！」

夏休みだというのにゼミの仲間たちが集まっている。俺抜《おれぬ》きでピクニックでも楽しむのかと一瞬腹《いっしゅんはら》が立ったが、それにしては皆《みな》、沈《しず》んだ顔をしている。

「おーい！　どこに行くんだよ！」

俺がどんなに話しかけても気がつく気配は全くない。しかたなく皆《みな》の後をついていくと、一行は石碑《せきひ》の前で止まった。石碑《せきひ》には『解剖塚《かいぼうづか》』と彫《ほ》ってある。

すると突然《とつぜん》、ゼミの仲間たちが次々と泣き出した。

「お前とは一生仲間だぞ」

「天国でも楽しく過ごせよ、近藤《こんどう》」

おいおい何言っているんだよ、と言いかけたところで、俺《おれ》は混乱《こんらん》し始めた。

俺《おれ》は病院に運ばれて……、なぜか今ここにいる。そして、俺《おれ》の姿《すがた》は皆《みな》には見えないらしい。ということは……。

「……俺《おれ》は、死んだのか？」

呆然《ぼうぜん》としていると、俺《おれ》の身体《からだ》を高山教授がすり抜《ぬ》けていくのが分かった。その時、俺《おれ》の疑問《ぎもん》は確信に変わった。

「近藤《こんどう》くんは生前、『もしも自分に何かあった時には、この体を解剖《かいぼう》して、医学のために役立ててください』と言っていた。彼《かれ》の右腕《みぎうで》は、医学のために使われたんだ。近藤《こんどう》くん、君を誇《ほこ》りに思う。ありがとう」

教授の言葉で、俺《おれ》は全てを悟《さと》った。

「そうか。俺《おれ》の右腕《みぎうで》は皆《みな》の役に立ったのか。良かった……」

そう思った瞬間《しゅんかん》、全身が暖《あたた》かな光に包まれていくのを感じた。

福井県

誰《だれ》の声？

「おい、昨日撮った動画、俺《おれ》ん家に集まって見ない？」

「いいねー。昨日は何も起こらなかったから、きっと驚《おどろ》くようなヤツは映《うつ》ってないと思うけど、まぁ、夕飯でも食べながら、一応見てみるか」

俺《おれ》が声をかけたのは、同じ工事現場で働くダイスケとリョウだ。みんな年が近いし気が合うから、仕事も仲良くやってる。

動画というのは、越前《えちぜん》市内の新しい現場で俺《おれ》が映《うつ》したものだ。なんでもその建物は、「取り壊《こわ》そうとすると、工事関係者に事故が起きる」と奇妙《きみょう》な噂《うわさ》が立ち、地元の人たちから〝幽霊屋敷《ゆうれいやしき》〟と恐《おそ》れられているらしい。

「まぁ、正直そんな話、どこでだって聞くよな」と、ダイスケが言うように、工事現場で働く俺《おれ》たちにとっては、めずらしい話じゃない。単なる偶然《ぐうぜん》が重なっただけなのに、人は、あれこれ噂《うわさ》したがるものなんだろう。

「よし。じゃあ始めるぞー」

俺《おれ》は、動画をテレビで見られるようにセットしてスタートボタンを押《お》した。

始まってすぐのこと。

「おい、なんか……声、聞こえないか？　ちょっとボリューム上げてみて」とダイスケがつぶやいた。

『おじゃましまーす』と流れてきたのは、建物に入るときの俺《おれ》たちの声だ。すると……。

『どうぞ』と、確かに声が聞こえる。

「おい！　あのとき、誰《だれ》かふざけて言ってたんだろう！」

「言ってないよ！」

「俺《おれ》もだよ！　第一、声がぜんぜん違う。子どもみたいな声じゃないか!?」

恐《おそ》る恐《おそ》る、続きを見てみる。

『ここは子ども部屋だった場所でーす』と、画面の中のリョウがおどけてレポートをしている。すると……。

『ねえ、一緒《いっしょ》に遊ぼうよ』と、また声がする。

俺《おれ》たちは、青ざめながらも、なんとか最後まで見ることにした。動画も残りわずかだ。

『おじゃましましたー！』と、俺《おれ》たちが動画の最後で笑顔で叫《さけ》ぶと……。

『待《ま》って……。遊んでくれないなら、お兄ちゃんたちについて行くよ』という声が聞《き》こえて、動画は終わった。

山梨県

樹海《じゅかい》で出会った人

青木ケ原樹海《あおきがはらじゅかい》という地名を聞いたことがある人は多いと思う。

「樹海《じゅかい》に入った者は二度と抜《ぬ》け出すことができない」と言われ、自殺の名所としても有名だ。しかし、実際に訪《おとず》れてみると原生林が織りなす緑が美しく、風穴《ふうけつ》や氷穴《ひょうけつ》などの天然記念物も点在する、観光地としての印象が強い。だから、ハイキングや森林浴を楽しむ人達も大勢やって来るのだ。

「青木ケ原樹海《あおきがはらじゅかい》って怖《こわ》いイメージがあったけど、全然印象が違《ちが》うね」

「うん！　それにひんやりと涼《すず》しいし、歩くには最高。アカリの提案に乗って良かったー！」

ナツミ、レナの高い声が森の中に響《ひび》き渡《わた》る。きょうは大学の仲良し三人組でハイキングにやって来た。静岡県《しずおかけん》出身の私《わたし》にとって、青木ヶ原樹海《あおきがはらじゅかい》は家族旅行で何度も来ていた馴染《なじ》み深い場所だった。

「ねえ。樹海《じゅかい》には五種類の人間がやって来るって話、知ってる？」

私《わたし》は父から聞いた都市伝説を得意げに話し始めた。

「何それ？　気になる！」

二人とも興味津々《きょうみしんしん》だった。

「まず樹海《じゅかい》を調べている研究者、自殺をしに来る人、自殺者を見物しに行く人、死体を処理《しょり》する捜索隊《そうさくたい》。そして、自殺志願者をねらう〝殺人マニア〟」

「殺人マニア!?」

「そう。人を殺すことに快楽を感じる〝殺人マニア〟。彼《かれ》らにとって樹海《じゅかい》はかっこうのハンティングスポットなの。自殺志願者は基本的に一人でやって来るし、行き先を告げずに来る人がほとんど。それに、森の奥《おく》に入ってしまえば犯行現場を見られることもない。つまり完全犯罪ができるってわけよ」

私《わたし》の話に二人は怯《おび》え出したので、「冗談《じょうだん》、冗談《じょうだん》！」と明るくフォローした。

しばらく進んでいくと、レナが急に立ち止まった。

「ねぇ、あっちから来る人見て！　なんか血まみれじゃない？」

反対方向から歩いてくる四〇代くらいの男が目に入った。彼《かれ》の右半身は赤く染《そ》まっている。

「え？　ウソ、何あの人！」

「まさか、例の殺人マニア!?」

その言葉が聞こえたのか、男は私《わたし》たちの存在《そんざい》に気づき、ものすごい形相《ぎょうそう》でこっちに向かって走って来た。

「キャーッ！！！」

あまりの恐《おそ》ろしさに私《わたし》たちは叫《さけ》び声をあげ、今来た遊歩道を全力疾走《ぜんりょくしっそう》で戻《もど》った。三〇〇メートルほど走っただろうか。さっき立ち寄ったみやげ屋が見えてきた。

「あそこまで走れば安心だよ！」

「ナツミ、もうちょっと頑張《がんば》って！」

振《ふ》り返ると、あの男の姿《すがた》は無かった。

なんとかみやげ屋にたどり着くと、私《わたし》は足から血が出ているのに気がついた。夢中で走っている途中《とちゅう》、どこかで切ったらしい。

「私《わたし》、ちょっとトイレに行ってくる」

二人を残し、トイレで傷《きず》の手当てをしていると、誰《だれ》かの視線《しせん》を感じた。ふと視線《しせん》をドアに向ける。そこには、あの血まみれの男がナイフを持って立っていた。

長野県

七曲《ななまが》りの一本松

うちの小学校の近くには、道の真ん中に松の木が立っているところがある。場所は、善光寺《ぜんこうじ》から戸隠神社《とがくしじんじゃ》の方へ行く途中《とちゅう》の峠道《とうげみち》。家族でドライブしてた時近くを通ったんだけど、お父さんがすごくマジメな顔で言ってきた。

「いいか、アヤノ。あの松には、絶対に触ってはいけないよ」

「え、どうして？　あんな道の真ん中にあったらじゃまだし、横を通る時触りたくなっちゃうかも」

「あれはね、〝七曲《ななまが》りの一本松〟と呼《よ》ばれている木だ。あの一本松には、昔、戦で命を落とした人たちの思いが宿っているんだよ。とにかく、ふざけて触《さわ》ったりしたら絶対にダメだぞ」

お父さんから一本松の話を聞いたすぐあとに学校遠足があった。今年のコースは、善光寺《ぜんこうじ》から戸隠神社《とがくしじんじゃ》の方に向かってひたすら歩くらしい。

「お寺とか神社とか、ほんとつまんないよね」

と、私《わたし》は、仲良しのナナミとおしゃべりしながら一緒《いっしょ》に歩いていた。

しばらくして、一本松の横を通り過ぎる時のことだ。

「けっ！　こんなとこに立ってじゃまなんだよ！」

と、クラスでリーダー格のタクミが、松の木の横を通る時、力まかせにひと蹴《け》りした。

「あっ！　その松には触《さわ》っちゃいけないってお父さんが言ってたよ！」

「なんだよ、それ。触《さわ》ったらどうなるっていうんだよ？」

「それは……わからないけど、とにかく触《さわ》っちゃダメってお父さんが」

「なんだよ、知らないいんじゃないか！　こんな松、こうしてやる！」

さらに一本松を蹴《け》ったタクミは、すぐに担任《たんにん》のキシダ先生に見つかって、大目玉をくらっていた。


遠足の翌日《よくじつ》、学校に行くと、タクミの姿《すがた》がない。その翌日《よくじつ》もそのまた翌日《よくじつ》もタクミは学校を休み続けた。キシダ先生に聞いても、なんでタクミが休んでいるのか教えてくれなくて、なんだか様子がおかしい。

「ねぇねぇ、タクミなんかあったのかな？　会いに行ってみようよ」

放課後、私《わたし》とナナミは、タクミの家に寄ってみることにした。


ピンポーン。

出てきたのは、疲《つか》れた様子のタクミのお母さんだった。でも、なんでだろう。玄関《げんかん》ドアのチェーンをかけたままで、ほんの少ししかドアを開けてくれない。

「あの、タクミくんは大丈夫《だいじょうぶ》ですか？　風邪《かぜ》でも……」

と、私《わたし》が話しかけた時だった。

「ギャー！！　あっちへ行けー！　俺《おれ》を見るなー！」

奥《おく》の部屋からタクミの絶叫《ぜっきょう》が聞こえてきた。


お母さんは、何かをあきらめたような表情でこう話した。

「遠足の日の夜からあんな様子なの。松の木で首つりした人が見えるとか、血まみれの人が追いかけてくるとか変なことばかり言って……」


それからタクミが学校に来ることは二度となかった。ついには発狂《はっきょう》してしまったというタクミは、山のふもとにある精神病院に入院したらしい。

学校で、『タクミが七曲《ななまが》りの一本松に呪《のろ》われた』という噂《うわさ》が広まるのに時間はかからなかった。

岐阜県

町営住宅《じゅうたく》のポルターガイスト

スイッチを消したはずなのに、部屋に戻《もど》ってくると明かりがつけっぱなしだった。ちゃんと片付《かたづ》けたはずなのに、いつの間にか物が散らかっていた。こんな経験がある人は、あなたの周りでポルターガイスト現象が起こっているかもしれない。

十年ほど前、岐阜《ぎふ》県にある町営住宅《じゅうたく》で、突然《とつぜん》ポルターガイスト現象が発生し、話題になったことがある。その鉄筋《てっきん》四階建てのマンションはまだ新しく、不気味な雰囲気《ふんいき》はみじんも感じられない。しかし、何軒《なんけん》かの家庭では不思議な現象が起こり始め、日を追うごとにどんどんひどくなっていった。

「うちの場合は、閉《し》まっていた食器棚《しょっきだな》の戸がいきなり開いて、お皿がまるでフリスビーのように飛び出してきました」
「外出する時に電気を消したはずなのに、家に帰って来ると、なぜだかついているんですよ」
「テレビのチャンネルが勝手に変わったりして、本当に気味が悪いの」
「プラグが抜《ぬ》けているのに、ドライヤーのスイッチが入って動き出したのにはびっくりしました」

定期的に開かれる話し合いの席で、住人たちはそれぞれの家で起こったポルターガイスト現象を語りはじめた。中には、部屋で知らない女性の人影《ひとかげ》を見たり、小さな子どもが何もない壁《かべ》を指差して怖《こわ》がるなど、恐《おそ》ろしい心霊体験《しんれいたいけん》を告白する人まで出てきた。

「こんなことが毎日のように起きるなら、安心して暮《く》らしていけない」

「もう引《ひ》っ越《こ》すしか方法がない！」

ストレスが限界に達していた住人達は、町役場に相談をしたり、霊能者《れいのうしゃ》を呼《よ》んでおはらいをしてもらったりと様々な手を尽《つ》くした。そして、複数の霊能者《れいのうしゃ》達《たち》が、

「以前この場所にあったマンションの住民が自殺をしていて、その霊《れい》の祟《たた》りが今もこの場所に残っている」

と、同じような意見を訴《うった》えた。しかし、その原因が判明しても不思議な出来事は絶えず続いた。

多くの霊能者《れいのうしゃ》がさじを投げる中、噂《うわさ》を聞きつけた有名な女性霊能者《れいのうしゃ》がこのマンションを訪《おとず》れ、除霊《じょれい》を行った。すると、その日からポルターガイスト現象はピタリと収《おさ》まった。

女性霊能者《れいのうしゃ》によると、この土地にはその自殺者の他にも、成仏していない強力な霊《れい》がたくさんいたという。今回は彼女《かのじょ》の真剣《しんけん》な供養《くよう》の気持ちが通じて、さまよっていた霊達《れいたち》が浮《う》かばれたのだ。マンションの住民達は、やっと静かな生活を取り戻《もど》すことができ、今では安心して暮《く》らせるようになった。

ところで今、あなたの近くで物音が聞こえなかっただろうか?

いつもなら〝気のせい〟で片付《かたづ》けてしまうようなことも、これからは注意して調べてほしい。なぜなら、それがポルターガイスト現象かもしれないからだ。

静岡県

次の停車駅は「きさらぎ駅」

いつもと同じ時刻《じこく》に家を出て、いつもと同じ電車に乗り、いつもの駅で降《お》り、いつもの学校へ行く。

そんな毎日の〝いつも〟が、明日も繰《く》り返《かえ》されるとは限らない。これからお話しするのは、日常が何かの力によって歪《ゆが》められた、静岡《しずおか》でのある出来事だ。

その様子は、携帯電話《けいたいでんわ》からリアルタイムで発信され続けた。

(二三時〇〇分)ハルカ、起きてる? 私《わたし》いまやっと電車乗った。今日も残業でグッタリー。

(二三時〇三分)お疲《つか》れー! ハスミ、いま帰りなの!? 遅《おそ》すぎ!

(二三時〇三分)だねー。もう眠《ねむ》い……。おやすみなさい。

（二三時〇四分）おやすみ……って、寝《ね》るなー！　寝過《ねす》ごさないようにね。

（二三時二五分）なんかヘン。いつもの駅に着かない。

（二三時二六分）あれ？　まだ電車乗ってたの？　ハスミの駅って十分かかんないくらいじゃなかった？

（二三時二六分）そう。

（二三時二七分）ほんとに寝《ね》ちゃって、電車、折り返してたりして。

（二三時二八分）いや、ちょっとはウトウトしたけどさ、駅に着かないっていうか、電車走り続けててどこにも止まってない気がする。

（二三時二八分）何それ。運転手さんになんかあったとか？

（二三時二八分）そういうこともあるか！　ちょっと車掌室《しゃしょうしつ》行ってくる。

（二三時四〇分）車掌室《しゃしょうしつ》、中が見えない。で、何度ノックしても出てこない。

（二三時四一分）ちょっと、大丈夫《だいじょうぶ》なの？　その電車。

（二三時四五分）なんかヤバイ気がしてきた。さっき、電車がトンネルの中通ったんだけど、トンネルなんてなかったはず。

（二三時四六分）とにかくどこかの駅に止まったら、すぐ降《お》りて！

（二四時〇七分）電車、止まった。で、降《お》りたんだけど、知らない駅。ハルカ、きさらぎ駅なんて、聞いたことある？

（二四時〇七分）もう！　返信ないから心配してたよ！　きさらぎ駅？　そんな駅知らない。

（二四時〇七分）だよね。

（二四時〇八分）駅前にタクシーいたら乗っちゃえ！

（二四時一五分）タクシーいなかった。でも、送ってくれるって人がいたから車乗せてもらった。

（二四時一五分）えっ！　知らない人でしょ？　危《あぶ》ないって、やめな！

（二四時一六分）でも変な人じゃなさそうだし。もうくたびれちゃった。

（二四時一六分）ダメだよ！　いますぐ降《お》りて！

（二四時二五分）乗っけてくれた人、様子がヘン。さっきからなんかブツブツ言ってる。

（二四時二六分）だから降りなって！　ハスミお願いだから、降《お》りて！

（二四時二七分）降《お》りたいって言ったけど聞いてくれない。「きさらぎ」がなんとかって、ブツブツ言ってる。あ、車止まった。


　そのあとハスミからの連絡《れんらく》は突如途絶《とつじょとだ》えた。いつもの電車に乗っていたはずの彼女《かのじょ》の姿《すがた》を見た人は、一人としていない。

愛知県

ため池に潜《ひそ》む、生き物の正体

入鹿池《いるかいけ》は、愛知県犬山市《いぬやまし》にある大きなため池だ。その歴史は古く、今から四〇〇年ほど前に完成したと言われている。そのため、過去には事件や事故も発生していて、幽霊《ゆうれい》を見たという話も耳にする。しかし、入鹿池《いるかいけ》は幽霊《ゆうれい》よりも〝あの奇妙《きみょう》な生き物〟が出るという噂《うわさ》で有名なスポットなのだ。

その奇妙《きみょう》な生き物というのは、カッパである。

ある時、地元の暴走族が面白半分にカッパの捜索《そうさく》へ出かけた。彼《かれ》らはバイクに連なって乗り、深夜の道を猛《もう》スピードで走っていた。すると、一台のバイクが、道路の真ん中に小さな子どものような人影《ひとかげ》を見つけた。その姿《すがた》はピンクがかった灰色《はいいろ》の肌《はだ》をしていて、頭部が大きく、全身がツルリと光っていた。

「うわっ！　何だアイツは！」

とっさに避《さ》けようとした運転手は転倒《てんとう》。そのどさくさにまぎれて、奇妙《きみょう》な生き物は闇《やみ》の中へと姿《すがた》を消してしまった。


「やっぱり、あれはカッパだったのかも知れない」

仲間が事故を起こした原因はカッパのせいだと考えた暴走族は、次の日から入鹿池《いるかいけ》の周辺に集まり、本格的なカッパ探《さが》しに乗り出した。


捜索《そうさく》を始めてから数日後、ついに池のほとりでカッパを発見した。人の気配に気づき、素早い動きで逃《に》げ出すカッパだったが、暴走族も負けてはいない。自慢《じまん》のバイクでカッパを住宅地《じゅうたくち》に追い込《こ》むと、塀《へい》に囲まれた行き止まりに追いつめた。

「ついにここまで来たぜ。もう俺《おれ》らから逃《に》げられると思うなよ！」

暴走族が飛びかかった瞬間《しゅんかん》、カッパはコンクリートの塀《へい》をトン、トン、トンと三段跳《さんだんと》びで軽々と乗り越《こ》え、消えてしまった。

その時のカッパの姿《すがた》は鮮烈《せんれつ》な印象を残した。髪《かみ》の毛《け》がない異様《いよう》に大きな頭に、灰色《はいいろ》の体。ヌメヌメとした皮膚《ひふ》には、ところどころ黒ずんだ斑点《はんてん》のようなものがあった。体長は小柄《こがら》で、小学生くらいの背丈《せたけ》に見えた。

そして、この事件以降《いこう》、カッパの目撃談《もくげきだん》を聞くことはなくなった。

数年が経ったある日。暴走族のメンバーが何気なくテレビを観ていると、見覚えのある奇妙《きみょう》な生き物が画面に現れた。

「あっ！　あいつだ！」

テレビには、当時UFO特番でひんぱんに取り上げられていた「グレイ型の宇宙人《うちゅうじん》」が映《うつ》し出されていた。

三重県

海の底で静かに待つ者たち

「キャー！」

海の中で足に何かが絡《から》みついて、私《わたし》は、心底びっくりした。夢中で振《ふ》り払《はら》おうとすると、それが海藻《かいそう》だとわかり力が抜《ぬ》ける。

「もう、ミクったらおどかさないでよ！　私《わたし》までびっくりするでしょ」

と、チヒロが隣《となり》で泳ぎながら苦笑いしてる。

「ごめん、ごめん！」

今日は、中学校のサマースクールだ。やってきたのは、伊勢湾《いせわん》に面する中河《なかがわ》原海岸《らかいがん》。ここは波がおだやかで〝天然の海水プール〟って言われているらしい。

サマースクールの日程は、二泊三日。ふだんは学校の勉強の他に、塾《じゅく》とかピアノとか習い事がたくさんあって、自分でいうのもなんだけど、けっこう忙《いそが》しい。サマースクールの間は、思いっきり羽を伸《の》ばして遊ぼうって決めた。

宿泊《しゅくはく》先になっている民宿は、改装《かいそう》して間もないということでピカピカだ。

夜は、経営者であるご夫婦が、バーベキューの用意をして待っていてくれた。

「みんな、いっぱい泳いでおなか空いたでしょう。お肉も野菜もたくさん用意したから遠慮《えんりょ》なく食《た》べてね」

「わー、美味しそう！　いただきます！」

食事が落ち着くと、ご主人が、古いアルバムを見せてくれることになった。若《わか》い頃《ころ》のご夫婦が改装《かいそう》前の民宿の前で撮った写真や、私《わたし》たちと同《おな》じように中河《なかがわ》原《ら》海岸で遊ぶ子どもたちの写真がいっぱい貼《は》られている。みんなで写真を見ながらおしゃべりをしているうちに楽しい時間が過ぎていった。

「あれ？　なんか落ちてる」

バーベキューの片付《かたづ》けも終わって部屋に戻《もど》ろうとした時のことだ。チヒロがキッチンのテーブルの下に、とても古い新聞記事の切り抜《ぬ》きを見つけた。日付を見ると『一九四五年七月二八日』となっている。

「さっきのアルバムに挟《はさ》んであったのが落ちたのかな？　でも、なんでこんな古い記事とってあるんだろ」

と、チヒロが首をかしげる。

それは、かつて中河原《なかがわら》海岸で起きた悲惨《ひさん》な出来事を伝える記事だった。アメリカ空軍によるミサイル攻撃《こうげき》をさけて、海へと逃《に》げた防空頭巾《ぼうくうずきん》をかぶった約一〇〇人の人々が、中河原《なかがわら》海岸でおぼれ死んだというのだ。

「ちょっと……、嫌《いや》なもの見つけちゃったね」

「うん。で、でもさ、これ、すごく昔の話でしょう。今日だって波もおだやかで、実際何にもなかったんだし、気にしないことにしない？」

「そうだよね！　見なかったことにしてテーブルの下に戻《もど》しておこう」

翌朝《よくあさ》、中河原《なかがわら》海岸へ行ってみると風のない、絶好の海水浴日和《びより》だ。みんなで海に入ってしばらく泳いでいた、その時だった。

「キャー！」

小さかった波が、突然《とつぜん》大きくうねったかと思うと、数メートル先を泳いでいたチヒロが悲鳴をあげながらおぼれ始めた。どういうわけか、隣《となり》の子も、そのまた隣《となり》の子も、何かに引っ張り込《こ》まれるように、その姿《すがた》が見えなくなっていく。

ふと気が付くと、私《わたし》の足に冷たいものが絡《から》みついた。

「また海藻《かいそう》だ」と、自分に言い聞かせながら振《ふ》り払《はら》おうとするが、私《わたし》の体はどんどん海の底へと引きずり込《こ》まれていく。

パニックに陥《おちい》りながら海の中で目を開けると、防空頭巾《ぼうくうずきん》をかぶった数えきれないほどたくさんの人たちが海の底で私《わたし》を手招きしていた。

滋賀県

琵琶湖《びわこ》の行進

「それでは問題です、日本で一番大きな湖はどこでしょうか？」

「はいっ！　琵琶湖《びわこ》です！」

社会が苦手なショウが、珍《めずら》しく自信満々に手を挙げた。

「はい、正解です。長谷川くん良く知っていたわね」

「へへへ」

ちょっと照れくさそうにショウは頭を引っ込《こ》めた。実は、ショウのおじいちゃんは琵琶湖《びわこ》で漁師をしていて、ショウにとっては簡単《かんたん》すぎる問題だった。そして、週末には久しぶりにおじいちゃんの家へ遊びに行くことになっていた。

「ショウ！　よく来たなぁ。またちょっと背《せ》が伸《の》びたかな」

「うん！　もうちょっとで一四〇センチになる！」

おじいちゃんは相変わらず笑顔で優《やさ》しかった。琵琶湖《びわこ》の湖畔《こはん》にあるおじいちゃんの家に着くと、ショウは決まってお気に入りの場所へ向かう。それは二階にある広いベランダだ。

「ショウ、またここにいたのか」

「ここから眺《なが》める湖が最高なんだ！」

その日の夕食は、家族皆でベランダに出てバーベキューを楽しんだ。

真夜中。なぜか目が覚めてしまったショウは、窓《まど》から注《そそ》ぐ月明かりに気がついた。空を見ると大きな満月が顔を出している。

「そうだ！　ベランダに出てみよう」

ベランダから眺《なが》める湖の水面には満月が映《うつ》り、幻想的《げんそうてき》な風景が広がっていた。

「あれ？　何だろう？」

たくさんの人達が一列に並《なら》び、行進をしている様子が月光に照らされていた。

よく見ると、鎧武者《よろいむしゃ》や十二単衣《ひとえ》の女性、漁師風の男性など色々な衣装《いしょう》の人がいる。しかし、彼《かれ》らが歩いているのは湖の表面だ。ショウは不気味に思って、急いで部屋に戻《もど》り、布団の中へ潜《もぐ》り込《こ》んだ。


次の日の朝、ショウは夜中に見た光景をおじいちゃんに話した。

「ショウ、それは湖の底で眠《ねむ》る、たくさんの霊《れい》の姿《すがた》だよ」

おじいちゃんはショウの目をまっすぐに見つめ、こう続けた。

「琵琶湖《びわこ》の底には、かつてこの湖で亡《な》くなった数多くの死体がうようよしていると言われているんだ。普通《ふつう》の湖だったら、死体はぶよぶよに膨《ふく》らんで魚のエサになってしまう。でもここは琵琶湖《びわこ》だ。日本で一番……」

「大きい湖！」

ショウはここでも自信満々に答えた。おじいちゃんはショウの頭を撫《な》でる。

「そうだ。だから、底までの距離《きょり》も長い。湖の底はとても冷たくて、死体はある意味〝冷凍保存《れいとうほぞん》〟されている状態のまま、生きている時と変わらない姿《すがた》で漂《ただよ》っているらしい。歴史の古い湖だから、様々な時代の人達が混じり合って、行進をしているように見えるのかもしれんな」

しかし、ショウは引っかかることがあった。

「でも、僕が見たのは湖の底じゃなくて、湖の上だったよ。どうして？」

「それはきっと、満月の晩《ばん》だったからだな。昔から漁師たちの間では、満月の日は水難事故《すいなんじこ》で死んだ幽霊《ゆうれい》が現れると言われていて、漁を避《さ》けたり、お供《そな》え物《もの》を用意したりするんだ。きっと、普段《ふだん》は寒い湖の底にいるから、満月の日は水面に出られて、霊達《れいたち》も喜んでいるんじゃないかな」

「うん、きっとそうだね！」

ショウはうなずくと、朝日を受けてキラキラと光る琵琶湖《びわこ》を見つめた。

京都府

深夜の貴船《きふね》神社に通う女

コーン、コーン、コーン……。

私《わたし》が、貴船《きふね》神社に通い始めて今晩《こんばん》で七日目になる。

周囲を緑に囲まれ、すぐ近くに清らかな貴船川《きぶねがわ》が流れる貴船《きふね》神社は、京都でも人気のパワースポットだ。でも、私《わたし》が人に姿《すがた》を見られることはないだろう。

なぜなら時刻は、昔「丑三つ時《うしみどき》」と呼《よ》ばれていた、深夜二時なのだから。

コーン、コーン、コーン……。

しんと静まり返った境内《けいだい》に、わら人形に打ち付ける釘《くぎ》の音が響《ひび》く。釘《くぎ》は、自分の手のひらほどの長さのある五寸釘《ごすんくぎ》だ。

コーン、コーン、コーン……。

私《わたし》が、七日間も続けているのは、「丑《うし》の刻参《こくまい》り」という、人を呪《のろ》い殺す儀式《ぎしき》だ。この呪術《じゅじゅつ》は平安時代にはすでに行われていたという。

丑《うし》の刻参《こくまい》りをして相手を呪《のろ》い殺した「宇治《うじ》の橋姫《はしひめ》伝説」は、『源平盛衰記《げんぺいせいすいき》』や『太平記《たいへいき》』という、歴史書などに記されるほど有名だ。

そして、丑《うし》の刻参《こくまい》りの効果が高いといわれるのが、貴船《きふね》神社なのだ。丑《うし》の刻《こく》参《まい》りで呪《のろ》った相手は、激《はげ》しい痛《いた》みにおそわれ、もだえ苦しみながら死んでしまうという。

「死ねっ！　死ねっ！　ヒロトめっ！　死ねーっ！！」

憎《にく》しみの心が、思わず言葉になってあふれ出る。

「お前が悪い！　ヒロトめっ！　死ねー！！」

ヒロトは、かつて私《わたし》の恋人《こいびと》だった。将来《しょうらい》のことも考えていた相手だったのに、ヒロトは、こっそりとどこかの社長の娘《むすめ》と浮気《うわき》をしていた。

そして、私《わたし》の前から去ると、あっという間にその娘《むすめ》と結婚《けっこん》してしまったのだ。

「ヒイッ！」

背後《はいご》から聞こえた声に振《ふ》り向くと、誰《だれ》かが木の陰《かげ》からこちらを見ていた。遠くからでもわかるほどブルブルと震《ふる》えて、逃《に》げ出そうとしている。

私《わたし》の姿《すがた》を見た人が、叫《さけ》んでしまうのも無理はない。私《わたし》は、白い着物を着て、顔《かお》には白粉《おしろい》を塗《ぬ》り、真っ赤な口紅《くちべに》を付けている。そして、頭に三本のろうそくを立てて巻《ま》きつけ、胸《むね》には鏡をかけている。それが、丑《うし》の刻参《こくまい》りでを行う際の決まりだからだ。

「見られた。まずい」と思ったときには、もう私《わたし》は走り出していた。叫《さけ》び声の主をつかまえなければ……。

もし誰《だれ》かに「丑《うし》の刻参《こくまい》り」を見られることがあれば、かけた呪《のろ》いは、自分自身にはね返ってくると言い伝えられているのだ。

私《わたし》は、右手に握《にぎ》りしめた大きな金づちを振《ふ》りかざしながら、叫《さけ》び声の主を必死に追いかけた。

大阪府

千日《せんにち》デパート跡地《あとち》

私《わたし》のお母さんはショッピングモールでパートをしている。近くの学習塾《がくしゅうじゅく》に通っている私《わたし》は、塾《じゅく》が終わると度々お母さんのお店に遊びに行っていた。

「いらっしゃ……あっ、ミナミ！　また寄り道して。もう夜も遅《おそ》いんだから早く家に帰ってなさい！　お父さんが待ってるわよ」

「寄り道じゃないもん、お母さんに会いに来たんだもーん」

「そういうのを寄り道っていうの。もうしょうがないわね、あと三〇分で閉店《へいてん》だから、社員通用口の所で待ってなさい」

「はーい！」

時計の針は夜の一〇時を過ぎた。いつもならとっくに出てくるはずのお母さんが、今日に限ってはなかなか現れない。

「急な残業でもしているのかな？」

待ちくたびれた私《わたし》は、警備員《けいびいん》さんに見つからないように社員通用口から侵入《しんにゅう》し、お母さんのお店へと向かった。


照明が落ちたモール内はひっそりと静まり返っている。すると突然《とつぜん》、サイレンの音がけたたましく鳴り響《ひび》く。私《わたし》はビクッと体を固まらせた。

「ジリリリリリ……火災発生、火災発生」

女性の暗い声で館内放送が入るが、辺りを見回しても火や煙《けむり》が上がっている様子はない。すると今度は、ゴホゴホッという咳払《せきばら》いとともに、

「助けて……、熱い、熱い。早く助けて……」

という、くぐもった声が聞こえてきた。怖《こわ》くなった私《わたし》は、お母さんのお店まで一生懸命《いっしょうけんめい》走った。

エレベーターホールに差し掛《か》かった時、見覚えのある人の顔が見えた。たしか、お母さんの同僚《どうりょう》の倉田さんだ。そこに、チンという音とともにエレベーターの扉《とびら》が開くと、もくもくと大量の煙《けむり》が流れ込《こ》んできた。

「ゴホッゴホッ……」

煙《けむり》を吸《す》った私《わたし》は苦しくなって床《ゆか》に倒《たお》れ込《こ》んだ。エレベーターの方を見ると、青白い顔をした倉田さんが、吸《す》い込《こ》まれるように煙《けむり》の中へ消えていった。

「ミナミ！　ミナミ！」

目を開けると、そこには涙目《なみだめ》になったお母さんと、警備員《けいびいん》さんの顔があった。

私《わたし》はエレベーターホールの前で気絶し、発見した警備員《けいびいん》さんが救護室まで運んでくれたらしい。ホッとしたのと同時に、急に怖《こわ》くなった私《わたし》は、ついさっき起こった出来事を話した。すると、警備員《けいびいん》さんの顔はたちまち青ざめた。

「このショッピングモールのある場所は、あの有名な千日《せんにち》デパートの跡地《あとち》なんです。怪奇《かいき》現象や幽霊《ゆうれい》の話は警備員《けいびいん》仲間からもたくさん聞いていています」

「千日《せんにち》デパート？　そこで一体何があったの？」

私《わたし》はお母さんに聞いてみた。

「昔ね、千日《せんにち》デパートっていう、今でいうショッピングモールみたいな所で火災が起こって、一一八人もの犠牲者《ぎせいしゃ》を出す大惨事《だいさんじ》になったの。火による停電で、エレベーターが停止したことも被害《ひがい》が広がった原因の一つみたい」

「エレベーター……。そうだ！　私《わたし》、さっき倒《たお》れた時にエレベーターに乗る倉田さんを見たの。倉田さん、大丈夫《だいじょうぶ》かな？」

「えっ？　倉田さんなら先に帰ったけど。でも心配だから連絡《れんらく》してみるわ」

お母さんは倉田さんの携帯《けいたい》電話に何度も電話をかけた。しかし、倉田さんが電話に出ることはなく、その夜からパッタリと消息不明になってしまった。

兵庫県

「メリーさんの館《やかた》」

「あ、目が覚めたようですね。これでひと安心ですよ」

ゆっくりと目を開けると、女性の看護師《かんごし》さんと父さん、母さんが、ほっとした表情を浮《う》かべていた。どうやらここは病院のようだ。

「あれ？　僕《ぼく》、どうしたんだっけ？　……そうか、みんなで旅行に出かけて、道に迷って……」

僕《ぼく》は、あいまいな記憶《きおく》をつなぎ合わせながら、昨日のことを思い出していた。

昨日は、久しぶりの家族旅行に出かけたんだった。僕《ぼく》が第一志望の高校に入学できたお祝いに、父さんが兵庫県でも名高い老舗《しにせ》旅館に予約をとってくれた。

車で旅館へ向かう途中《とちゅう》、六甲山《ろっこうさん》の山道で深い霧《きり》が立ち込《こ》めてきて、いつの間にか道に迷ってしまった。車のナビが誘導《ゆうどう》するままに走っているのに、同じ道を行ったり来たりしている気がする。

途方《とほう》にくれていると、車の前方の霧《きり》が少しだけ薄《うす》くなった。すると、その薄《うす》い霧《きり》の先に鉄製の立派《りっぱ》な門《もん》が現《あらわ》れたのだ。奥《おく》には白壁《しらかべ》の洋館が見《み》える。看板《かんばん》は出ていないけれど、ホテルだったら、中に誰《だれ》かいるに違《ちが》いない。

「ラッキー！　父さん、僕《ぼく》、あそこで道を聞いてくるよ」

門を抜《ぬ》けて、色とりどりの花が咲《さ》いている中庭を歩く。カギのかかっていない玄関《げんかん》を開けると、広々とした広間のような空間が現れた。照明が点いているわけでもないのに、まぶしいほどに白くて明るい。

「誰《だれ》かいますかー？」

大きな声で呼《よ》びかけたが、返事はない。

パタン……。

背後《はいご》で、玄関《げんかん》のドアが閉《し》まる音が聞こえた。

『あれ？　おかしいな』と思った瞬間《しゅんかん》、ドアが閉《し》まったのが合図みたいに、外国人の子どもたちが音もなく、わらわらと現れた。驚《おどろ》くことに、彼《かれ》らには〝色〟がなかった。体のどこもかしこも真っ白で、怪《あや》しい明るさを放っている。

僕《ぼく》は、声も出せないほど驚《おどろ》いて、逃《に》げ出したいのに、足が床《ゆか》にくっついてしまったように動けない。すると、大勢の子どもたちは、僕《ぼく》を取り囲んでどんどん近づいてきた。そのいくつもの真っ白な目に見つめられたところで、僕《ぼく》の記憶《おく》は途絶《とだ》えていた。

「いつまでたっても戻《もど》ってこないから、洋館に様子を見に行ったんだ。そしたらコウキが倒《たお》れているじゃないか。心配したぞ」

と話す父は、慌《あわ》てて僕《ぼく》を抱《だ》きかかえて車に乗せ、病院へ運んだという。

「あんなに道に迷ってたのに、すんなりと六甲山《ろっこうさん》を降《お》りることができたんだよ。母さんと不思議だなって話してたんだ」


「あの……、六甲山《ろっこうさん》の洋館にいらしたんですか?」

と、話を聞いていた先ほどの看護師《かんごし》さんが聞いてくる。

「そうなんですよ。僕《ぼく》、その洋館で気を失っちゃって」

「そうですか……。もう、その洋館を見かけても中には入らないほうがいいですよ。その洋館は昔、とらえたドイツ軍兵士の収容所《しゅうようじょ》として使われていた古いホテルなんです。〝メリーさんの館《やかた》〟って呼《よ》ばれています。年に何人かは、あの洋館で気を失って、うちの病院へ運ばれてくる方がいるんですよ」

奈良県

〝二一〟の呪《のろ》い

中学一年生のダイキにとって、どのクラブに所属するかということは今後の三年間を左右する重要な選択《せんたく》だ。先輩《せんぱい》や顧問《こもん》の先生が怖そうな所もパス、大会などのイベントごとがある所もパス、となると残るのはただ一つ、「歴史研究クラブ」だった。

顧問《こもん》は社会科の宅間《たくま》先生（通称《つうしょう》・タク爺《じい》）で、古墳《こふん》マニアの五〇歳《さい》。部員は三年生のヤマト先輩《せんぱい》と二年生のアミ先輩《せんぱい》、そして俺《おれ》の三人だ。つまり、新入部員は俺《おれ》一人だけだった。

「新入部員歓迎会《かんげいかい》も兼《か》ねて、明日香村《あすかむら》にある高松塚古墳《たかまつづかこふん》への研究旅行が決定した！　では、二〇日の日曜日、朝八時に駅に集合するように」

初のクラブ活動の日。タク爺《じい》はそう告げるとさっさと職員室へ消えていった。

「せっかくラクそうなクラブに入ったのに、日曜日がつぶれるなんて……」

どんより沈《しず》んだ俺《おれ》の気《き》持《も》ちを察したのか、ヤマト先輩《せんぱい》が話しかけてくる。

「まぁ、高松塚古墳《たかまつづかこふん》も色々と面白い所だよ。〝二一の呪《のろ》い〟の話とかね」

「えっ？　〝二一の呪《のろ》い〟って何ですか？」

オカルト系《けい》の話が好きな俺《おれ》は興味が湧《わ》いてきた。そこにアミ先輩《せんぱい》も加わる。

「一九七二年三月二一日に高松塚古墳《たかまつづかこふん》が見つかったの。でも、この古墳《こふん》の発見に関わった人たちは、二年間のうちに次々と死んでしまった。まず最初の犠牲《ぎせい》者《しゃ》は、えっと……ここからはヤマト先輩《せんぱい》、代わりをお願いします！」

「当時の明日香村《あすかむら》の観光課長だった人だよ。亡《な》くなったのは、古墳《こふん》発見からわずか二カ月後の五月二一日。病死だったらしい。それから三カ月後、今度は発《はっ》掘《くつ》作業を手伝っていた女性が亡《な》くなった。八月二一日に突然寝込《とつぜんねこ》んでしまい、全身が紫色《むらさき》に膨《ふく》れて、二日間苦しみぬいた上で亡《な》くなったんだ」

「私《わたし》も思い出した！　その次は一年後の八月二一日に古墳《こふん》がある地区の総代が車にはねられて死亡《しぼう》。同じ二一日には、壁画《へきが》の修復を担当《たんとう》した画家も交通事故で亡《な》くなっているの。ねぇ新入りくん、そろそろ気がつかない？」

「えっと何だろう。……あっ！　古墳《こふん》が発見された日も含《ふく》めて、全部二一日が関係しているんですね！　それで〝二一の呪《のろ》い〟なんだ」

「正解！」

先輩達《せんぱい》は同時に声を出した。

「だから、明日香村《あすかむら》周辺では、毎月二一日は〝高松塚《たかまつづか》の怨霊《おんりょう》〟が新しい犠牲者を求めて動きまわる、危険《きけん》な日だって恐《おそ》れられているの」

得意げに話すアミ先輩《せんぱい》に釘《くぎ》を刺《さ》すように、ヤマト先輩《せんぱい》が続けた。

「ただ、五人目の犠牲者《ぎせいしゃ》となった男性が死んだ日は、二一日と関係なかったみたいだけどね。彼《かれ》の死も不可解で、直前まで家族と楽しそうにテレビを観ていたのに、その数時間後、自宅《じたく》の納屋《なや》で自殺しているのが発見されたんだ」

怖《こわ》い話好きのダイキは、研究旅行がちょっと楽しみになってきた。


快晴の日曜日。歴史研究クラブの一行は高松塚古墳《たかまつづかこふん》へとやって来た。新緑に囲まれた古墳《こふん》は、整備された公園のように美しい。ふと、芝生《しばふ》の上にキラキラと光る石を見つけたダイキは、記念にと思いポケットにしまった。

歴史研究という名目のピクニックを終えた一行は帰りのバスに揺られていた。ダイキは、さっき拾った石を皆に披露《ひろう》した。すると、タク爺《じい》の顔が急に険《けわ》しくなるのが分かった。

「高松塚古墳《たかまつづかこふん》にある物を持って帰ってはだめだ！　〝二一の呪《のろ》い〟が持ち主に起こるかもしれないんだぞ！」

ダイキは震《ふる》え上がった。なぜなら、明日がちょうど二一日だったからだ。

和歌山県

「三段壁《さんだんべき》」から来るモノ

『人気絶頂《ぜっちょう》のアイドル〝ヒナノ〟が、ロケ地の岸壁《がんぺき》から飛び降《お》り自殺』

そのニュースは、ネット上でまたたく間に拡散《かくさん》した。自殺の現場となったのは、和歌山県の白浜町《しらはまちょう》にある三段壁《さんだんべき》だ。ヒナノは、三段壁《さんだんべき》で新曲のプロモーションビデオの撮影《さつえい》をした日の深夜、自ら命を絶ってしまったという。

僕《ぼく》は、ヒナノがデビューした時からの大ファンだ。だから本当にショックで、せめて彼女《かのじょ》が選んだ〝最期の場所〟を見ておきたいと思った。

「なぁ、アラタ。ヒナノの自殺した三段壁《さんだんべき》、見に行かないか。僕《ぼく》、花でも持ってってお参りしたいよ」

僕《ぼく》は、握手会《あくしゅかい》で知り合ったアラタを誘《さそ》って三段壁《さんだんべき》へ行くことにした。

自分の目で見る三段壁《さんだんべき》は、想像をはるかに超えるスケールだった。プロモーションビデオのロケ地に選ばれるのも納得《なっとく》できる。その高さは五〇メートル。この目のくらむような高さの崖《がけ》が約二キロも続いている。

ヒナノが自殺したあとには、テレビで三段壁《さんだんべき》を紹介《しょうかい》するワイドショーが一気に増えた。それで知った情報によると、どうやら三段壁《さんだんべき》は、自殺の名所として地元では知られた存在《そんざい》のようだ。警察《けいさつ》や地元の人たちがどれだけ自殺者防止のためのパトロールをしても、その目をかいくぐって自殺する人が多いという。

また、純粋《じゅんすい》に「迫力《はくりょく》がある崖《がけ》が見たい」という人も少なくないが、自殺者の地縛霊《じばくれい》が、自殺志願者を引きよせるのだそうだ。

三段壁《さんだんべき》を見終えた僕《ぼく》とアラタは、予約していたホテルで休むことにした。せっかくだから、窓《まど》から三段壁《さんだんべき》が見える部屋をとってもらった。

「ヒナノは、あんなに忙《いそが》しくアイドル活動してて、疲《つか》れちゃったのかもな」

「そうだな。きっと、誰《だれ》にも言えない悩《なや》みがあったのかも。今日は、ヒナノの思い出話でもしながら過ごそう。それが、彼女《かのじょ》の供養《くよう》になる気がする」

そんな話をしていると、窓《まど》に向かって座《すわ》っていたアラタが、急に叫《さけ》んだ。

「お、おい、あれ見ろ！　海から何かがこっちに来る！」

僕《ぼく》が振《ふ》り返ると、人の形をしたような光る物体がひと固まりになって、一直線にこちらに向かってくる。とても、鳥や魚などのスピードではない。

ペタッ！　ペタッ！　ペタッ！　ペタッ！　ペタッ！

息をのむ間もなく、その光る物体は、僕《ぼく》たちのいる部屋の窓《まど》にへばりついた。

それは、たくさんの人の顔で、どれも苦痛《くつう》で歪《ゆが》んでいるように見える。見たくないのに、あまりの怖《こわ》さに目が離《はな》せない。そして……、へばりついた顔の中に、僕《ぼく》は、悲しげなヒナノの顔を見つけた。

鳥取県

砂丘《さきゅう》の見せる夢

一般的《いっぱんてき》には〝霊感《れいかん》がある〟とでも言うのだろうか。私《わたし》は幼《おさな》い頃《ころ》から不思議な体験をすることが多かった。皆《みな》には見えない人が見えたり、予感が的中したり、相手の心の内が読めたりすることもあった。中学三年生になった今、それらの能力は弱まっているようにも感じるが、いまだに予知夢を見ることは結構ある。最近、私《わたし》はある夢を頻繁《ひんぱん》に見るようになった。それは、砂丘《さきゅう》の夢だ。

私《わたし》は一人、砂丘《さきゅう》を歩いている。しばらく進むと、足に何かがひっかかって転びそうになった。よく見ると、砂《すな》から人間の手が出ている。驚《おどろ》いて逃《に》げると、別の所から伸《の》びてきた手が私《わたし》の足首を掴《つか》む。すると、今度は無数の手が出てきて、私《わたし》を砂《すな》の中に引きずり込《こ》もうとする。そして、砂《すな》の中から四体のがい骨《こつ》が現れ、私《わたし》の身体に絡《から》みついてくる……。

「いやっ！……はぁ。また同じ夢か……」

目が覚めると、じっとりと嫌《いや》な汗《あせ》をかいていた。朝の五時。まだ家族は寝《ね》ているようだ。リビングに移動してテレビをつけると、見覚えのある景色が目に飛び込《こ》んできた。

「ここ、夢で見た砂丘《さきゅう》だ！」

テロップには〝鳥取砂丘《さきゅう》〟と書いてあった。突然《とつぜん》、私《わたし》はある予感を覚えた。

「近いうちに、ここへ行くことになりそう……」

その予感が当たったと分かったのは数日後のこと。学校での出来事だ。

「ねぇハルナ知ってた？　今年から修学旅行の行き先が変わるらしいよ！」

「えっ、そうなの？　毎年京都と奈良《なら》だったのに。で、どこになるの？」

「広島と島根、それに鳥取らしいよ！」

アカネの言葉に、私《わたし》は、鳥取砂丘《さきゅう》の風景を思い出した。

初めて訪《おとず》れた鳥取砂丘《さきゅう》は日本の風景とは思えないほど壮大《そうだい》で、その存在感《そんざいかん》に圧倒《あっとう》された。

「ハルナー、こっちの景色もすごいよ！　早く来てー！」

砂丘《さきゅう》の上で手を振《ふ》っているアカネが見える。

「ちょっと待ってて、今行くー」

アカネの元へと歩きだすと、足に何かがひっかかって転びそうになった。私《わたし》はハッとした。

「これって、あの夢の……。ということは……」

恐《おそ》る恐《おそ》る足元を見ると、砂《すな》から人間の手が突《つ》き出ていた。ただ、夢とは違《ちが》って、その手は白骨化《はっこつか》したものだった。

その後、砂丘《さきゅう》は大変な騒《さわ》ぎになった。警察《けいさつ》が現場を捜索《そうさく》すると、なんと深さ四〇センチ程度の砂《すな》の中から四体もの人骨《じんこつ》が見つかったのだ。鑑定《かんてい》の結果、その人骨《じんこつ》は江戸《えど》時代後期から明治時代初期に埋《う》められたものだと判明した。

「きっと、あの夢に出てきた四体のがい骨《こつ》は、自分たちを見つけ出してほしくて、現れたのかもしれないな」

砂丘《さきゅう》に座《すわ》り、私《わたし》はそんなことを考えていた。すると突然《とつぜん》、私《わたし》の手を誰《だれ》かが掴《つか》んだ。見ると、砂から突き出した何十本もの手が私《わたし》に迫《せま》ってくる。

「キャーッ！！」

目を開けると、自分の部屋の天井《てんじょう》が見えた。なんだ、夢か……。

次の瞬間《しゅんかん》、私《わたし》は直感的に分かった。鳥取砂丘《さきゅう》には、まだまだたくさんの死体が埋《う》まっていることを……。

島根県

今もある、「コトリバコ」

「この箱は、コトリバコです」

小学校のクラスのみんなで、民俗《みんぞく》資料館に行った時のことだ。係の人が、ガラスケースの中に置かれた古ぼけた木の箱を指さして、説明を始めた。

「コトリバコは〝子取り箱〟と書きます。子孫を絶やすという意味があり、かつて、子どもや子どもを産む女性を呪《のろ》い殺すために使われていました。貧しい農村の人たちが、庄屋《しょうや》に復しゅうするために作りだしたものなのです」

「箱の中は、なんですか？」

と、隣《となり》に立つカオリちゃんが質問する。

「残酷《ざんこく》な話ですが、昔は、女性の血であったり、無理矢理、殺《あや》めてしまった赤《あか》ん坊《ぼう》の内臓《ないぞう》、へその緒《お》、人差《ひとさ》し指などを入れていたそうです」

その説明を聞いて、私《わたし》たちはいっせいに顔を歪《ゆが》ませた。

「コトリバコを開けた人は、内臓《ないぞう》が千切《ちぎ》れて血を吐《は》き、もだえ苦しみながら死んでしまうといわれています。コトリバコは、このひと箱だけではありません。どこかの家にひっそりと封印《ふういん》されていると考えられています」

「さっきのコトリバコの話、すんごい怖《こわ》かったー！」

「ほんと！　怖《こわ》いし、気持ち悪いねー！」

私《わたし》は、家《いえ》が同じ方向のカオリちゃんと一緒《いっしょ》に、帰ることにした。

「そうだ！　サユミちゃん、今度の日曜は何か予定ある？　私《わたし》の誕生日《たんじょうび》パーティーやるんだけど、よかったら来《こ》ない？」

「えっ、私《わたし》も行っていいの？　うれしい！」

「じゃあ一二時《じ》ね！　ママがごちそう作《つく》るって言《い》ってたから楽《たの》しみにしてて」

と、カオリちゃんは、いつ見ても圧倒《あっとう》されるほど大きな家に入っていった。

家に帰ると、ママがちょうどお弁当屋さんのパートから帰ったところだった。

「日曜ね、カオリちゃんの誕生日《たんじょうび》パーティーに誘《さそ》われたから行ってくる。カオリちゃんのママがごちそう作ってくれるみたい」

「そう……。ヒロコ……あぁ、カオリちゃんのママにもよくお礼を言ってね」

うちのママとカオリちゃんのママのヒロコさんは、子どもの頃《ころ》は、よく一緒《いっしょ》に遊んだ仲だったみたいだ。でも、今はまったく会っていない。

道ですれ違《ちが》っても気づかないふりをしている時があるし、子どもの私《わたし》でも、きっと何かあったんだろうなって思う。

「カオリちゃんちまで一緒《いっしょ》にいくわ」

日曜に私《わたし》が出かけようとすると、ママが急にそんなことを言い出した。ヒロコさんに渡《わた》したいものがあると、手提《てさ》げの袋《ふくろ》を持っている。

インターフォンを押《お》すと、ヒロコさんが出迎《でむか》えてくれた。

「ヒロコさん、お久しぶりです。今日はサユミがお招きいただいて、ありがとうございます。これ、ほんのお礼の品です」

と、ママが、手提《てさ》げから木の箱を取り出して、ヒロコさんに渡《わた》した。

『あれ？　どこかで見たような箱だな』という、私《わたし》のザワザワする気持ちに気づくはずもなく、ヒロコさんが木の箱を受け取る。ゆっくりと箱のふたを開けたのと、ママが私《わたし》の手をつかんで急に走り出したのは同時だったと思う。

「キャー！！」

背後で、ヒロコさんの悲鳴が聞こえる。

私《わたし》はママに強く引っ張られながら、民俗《みんぞく》資料館の人の言葉を思い出していた。

「コトリバコは、このひと箱だけではありません。どこかの家にひっそりと封《ふう》印《いん》されていると考えられています」

岡山県

事実は小説より〝恐怖《きょうふ》〟なり

温泉《おんせん》旅行の帰り道、私《わたし》たちの車は岡山《おかやま》県の津山市《つやまし》辺りに差し掛《か》かった。

「ここって、例の〝津山《つやま》三〇人殺し〟の津山《つやま》市？　あの話怖《こわ》いよなー」

と、運転しながらダイキが話しかけてくる。

「何それ？　そんな小説あったっけ？」

「作り話じゃなくて実話。まぁ八〇年前くらいの話だけどな」

興味を持った私《わたし》に、ダイキは事件の内容を聞かせてくれた。

事件が起きたのは一九三八年五月二一日。結核《けっかく》に冒《おか》されていたある男が、『村人達から避《さ》けられている』と思い込《こ》み、怒《いか》りと憎《にく》しみに駆《か》られて、村人達を次々に襲《おそ》い殺したという。

「その襲《おそ》った方法も、異様だったんだ」

ダイキが低い声で話すので、私《わたし》はだんだんと怖《こわ》くなってきた。

まず男は、村の電線と電話線を切った。そして、二本の懐中電灯《かいちゅう》をハチマキで頭に巻《ま》き、右手に日本刀、左手に猟銃《りょうじゅう》、それにベルトにも刃物《はもの》を用意して、真夜中の村へと出て行った。

寝《ね》ている所を、突然襲《とつぜんおそ》われた村人たちはまったく抵抗《ていこう》できず、次々と殺されていった。さらに、警察《けいさつ》や隣人《りんじん》に電話をかけようにも、電線と電話線が切られているので、何が起きているかを伝えることもできず、犠牲者《ぎせいしゃ》はどんどん増えていく。そして、二時間足らずの間に、三〇人もの命が失われてしまった。その後、男は遺書《いしょ》をしたため、猟銃《りょうじゅう》で自殺を図《はか》ったという。

「今日は、ありがとう！　車の中で聞いた話は怖《こわ》かったけど、でもやっぱり温《おん》泉《せん》は楽しいねー。また行こうね」

そう言って、私《わたし》はアパートまで送り届《とど》けてくれたダイキを見送った。ふと隣《となり》の部屋を見ると、灯りが点《つ》いている。

「そうだ、温泉《おんせん》のお土産を渡《わた》しちゃおうっと」

隣人《りんじん》の女子大生は、うれしそうに温泉《おんせん》まんじゅうを受け取ってくれた。


その夜。ダイキの話を思い出して、また怖《こわ》くなった私《わたし》は、いつもより入念《にゅうねん》に戸締《とじ》まりをした。普段《ふだん》は開けっ放しの風呂場《ふろば》の換気窓《かんきまど》もしっかり鍵《かぎ》をかけた。

そんな相変わらず小心者の自分に、ちょっと笑えてきた。

やがて、旅行の疲《つか》れもあったのか、私《わたし》はすぐに眠《ねむ》ってしまった。


深夜。突然《とつぜん》、ベッドサイドのライトが点灯し、私《わたし》はまぶしさで目を覚ました。

ライトは停電時に自動点灯する仕組みになっている。

「こんな真夜中に停電？　まぁ朝までに復旧してればいいや」

私《わたし》はスイッチを消し、再び眠《ねむ》ることにした。薄《うす》れていく意識の中で、隣《となり》の部屋の方から大きな音が聞こえたような気がした。


ドンドンドンドンドン！と、玄関《げんかん》のドアを叩《たた》く音で目が覚めた。ドアを開けると何人もの警察官《けいさつかん》が立っていて、何か喋《しゃべ》っている。

「昨晩《さくばん》、お隣《となり》の部屋で強盗《ごうとう》殺人事件が起きまして、状況《じょうきょう》をお伺《うかが》いできれば」

「え、強《ごう》……強盗《ごうとう》……？　強盗《ごうとう》殺人……！？」

私《わたし》は驚《おどろ》きと同時に、昨日お土産を渡《わた》した、あの女子大生の顔が浮《う》かんだ。

「じゃあ、あの夜中の停電って……」

警察《けいさつ》によると、犯人は廊下《ろうか》にあった共有のブレーカーを切断して犯行に及《およ》んだらしい。私《わたし》は〝津山《つやま》三〇人殺し〟の話を思い出した。その後の調べで、私《わたし》の家《いえ》の風呂場《ふろば》の換気窓《かんきまど》にも、犯人の手形が残っているのが分かった。

広島県

己斐峠《こいとうげ》で待ち受けるのは？

「ひゅー！　この急カーブ、何度走っても面白いな！」

僕《ぼく》と幼《おさな》なじみのケイタロウにとって、広島市西区にある己斐峠《こいとうげ》は、ツーリングの定番になっているコースだ。

８歳《さい》の誕生日《たんじょうび》プレゼントに、お父さんにマウンテンバイクを買ってもらってからというもの、毎週のようにケイタロウを誘《さそ》って、でこぼこの山道を走ったり、峠道《とうげみち》を走ったりしている。

「なぁタイチ、ここのこと知ってる？」

と、ケイタロウがニヤニヤしながら、己斐峠《こいとうげ》の脇《わき》に建つ一軒《けん》の家を指さした。

「え、何？　ふつうの家じゃないの？　空き家っぽいけど」

「昨日、お姉ちゃんに聞いた話なんだけど、幽霊屋敷《ゆうれいやしき》なんだって！」

「ここが!?　ぜんぜんそんなふうに見えないね」

「だろ。でも、ここに住んでいた家族が皆殺《みなごろ》しにされて、幽霊《ゆうれい》が出《で》るって！」

恐《おそ》る恐《おそ》る、敷地《しきち》内に入ってみると、すぐに誰《だれ》も住んでいないことがわかる。庭は、雑草が伸《の》び放題になっていて、玄関《げんかん》ドアやガラス窓《まど》には、警察《けいさつ》によるものなのか、立ち入り禁止の黄色いテープがいくつも貼ってあった。

でも、結局は何《なに》も起《お》きなくて、僕《ぼく》は心のどこかでほっとしていた。

己斐峠《こいとうげ》に戻《もど》って走り出すと、いつものお地蔵《じぞう》さまが置《お》かれているカーブが見《み》えてきた。スピードを上《あ》げて通《とお》り過《す》ぎようとした、その時だった……。

「わっ！　危《あぶ》ない！」

僕《ぼく》のマウンテンバイクの前に、いきなり老婆《ろうば》が現れた。あわててブレーキをかける。峠《とうげ》の右側は急な崖《がけ》になっているから、そっちへ転んだりしたら、大事故になるとこだった。

「おばあちゃん、だいじょ……」

と、声をかけようとすると、老婆《ろうば》の姿《すがた》が消えている。

「えっ、何だ!? 今、おばあちゃんいたよな？」

「いた！ 俺《おれ》も見た……なぁ、もしかしたら、さっきの空き家をふざけて勝手に見たから、あの家の幽霊《ゆうれい》が怒《おこ》ってでてきたのかも!?」

と、ケイタロウが青ざめている。

「そんな！ あ、じゃ、じゃあ、あのお地蔵《じぞう》さんにお参りしておこう」

僕《ぼく》とケイタロウは、お地蔵《じぞう》さんに手を合わせて頭を深く下げた。

「さっきは、ふざけてごめんなさい！ もう絶対にしません！」

すると……。お地蔵《じぞう》さまの後ろから、老婆《ろうば》のような声が聞こえてきた。

「死ねばよかったのに」

山口県

関門《かんもん》トンネルに響《ひび》く泣き声

山口県と福岡《ふくおか》県を結ぶ関門《かんもん》トンネルは、僕《ぼく》にとっては通い慣れた道だった。しかし、もう二度と車を走らせることはないだろう。

一年ほど前のことだ。その日は、妻・サツキを車に乗せて、下関市《しものせきし》の自宅《じたく》へ戻《もど》るところだった。当時妊娠《にんしん》中だったサツキは、週の半分は北九州市にある実家で過ごしていて、送り迎《むか》えのために僕《ぼく》は関門《かんもん》トンネルをよく利用していた。

「やっぱり泊《と》まっていけば良かったんじゃない？」

「いや、明日も仕事が早いし、お父さんたちにも悪いしさ」

サツキの実家で晩《ばん》ごはんをごちそうになったので、帰るのがかなり遅《おそ》くなってしまった。夜の関門《かんもん》トンネルは通る車も少なく、陰気《いんき》な感じがして、ちょっと気味が悪かった。

「ねえ、あそこに見えるの……ネコかな？」

サツキが道路の先を指差した。

「うん？　遠くだからよく分からないよ」

「あれ、何の動物だろう……ネコにしては大きいし……」

車はだんだんとその〝動物〟に近づいていく。そして、それが何か分かった時、僕は自分の目を疑《うたが》った。

道路の真ん中で、赤ん坊《ぼう》がハイハイをして動き回っていたのだ。

「あ……あれって……赤ちゃん？」

「えーっ、どうしてこんな場所で!?　こんな夜中に!?」

突然《とつぜん》かけていた音楽が止まったかと思うと、スピーカーから「オギャーッ、オギャーッ！」と、赤ん坊《ぼう》の泣き声が聞こえてきた。そして次の瞬間《しゅんかん》、ドンッドンッと、車のボンネットに何人もの赤ん坊《ぼう》が落ちてきた。

「う、うわーっ！！」

ハンドルに顔をうずめ、急ブレーキを踏《ふ》んだ。そして、そのまま意識を失ってしまった。

気が付くと、僕《ぼく》は病院のベッドにいた。

車は大破《たいは》したが、幸い二人とも軽傷《けいしょう》で、一週間ほどで退院することができた。もちろん、お腹《なか》の子どもも無事だった。

その二カ月後、サツキは無事に可愛い女の子を出産した。僕《ぼく》らはユイナと名付けた。

「ねえ、私《わたし》、考えていたことがあるんだけど」

ユイナをあやしていたサツキが、急に言った。

「事故にあった関門《かんもん》トンネルって、産まれる前に死んでしまった子どもの霊《れい》が、たくさん集まる場所なんだって。私《わたし》たちが軽傷《けいしょう》で済《す》んだのは、ひょっとしたらその霊達《れいたち》が守ってくれたんじゃないのかな？　私《わたし》、もう一度行って、お礼を言いたいなと思って」

「いや、でも、あのトンネルにまた行くのは……」

僕《ぼく》は気が進まなかったが、サツキがどうしてもと言うので、親子三人でドライブに出かけた。関門《かんもん》トンネルに入ると、サツキは手を合わせていた。

すると、チャイルドシートに座《すわ》っていたユイナが急に震《ふる》え出し、鬼《おに》のような形相《ぎょうそう》になった。そして、ユイナの口から異様《いよう》な声が聞こえてきた。

「くそう残念だ……。お前たちの子どもを道連れにできなかった……」

香川県

林田岸壁《はやしだがんぺき》からの着信

二二時四八分。着信　エイタ。

これが親友からの最後の電話になるとは、夢にも思わなかった。

あの日、風呂から出てダラダラとネットを見ていると携帯《けいたい》が鳴った。たいていこの時間にかけてくるのは、夜釣《よづ》りをお楽しみ中のエイタからだ。

「あ、もしもしエイタ？　今夜の成果はどうだ。え？　何？」

いつもならすぐに明るいトーンの声がするはずだったが、何だか様子がおかしい。それに、ゴボゴボという変な音も聞こえる。

「……ヒロ……ト。助け……て……。車が……海に……落ち……」

苦しそうなエイタの声が聞こえた。しかし、次第に声は小さくなり、ゴボゴボという音にかき消されていった。

「ど、どうしたエイタ？　大丈夫《だいじょうぶ》か？　お前、今どこにいるんだよ！」

「……。……」

何も聞こえなくなったかと思うと、プツリと通話が切れてしまった。

俺《おれ》はすぐに、警察《けいさつ》やエイタの両親、共通《きょうつう》の友人たちに連絡《れんらく》した。大がかりな捜索《そうさく》が始まったが、数日経ってもエイタの行方は分からなかった。携帯《けいたい》のGPSも解析《かいせき》してもらったが、なぜか探知《たんち》不能だったらしい。

「もしもし、ヒロト？　エイタのことなんだけど……」

友人のサキから電話が来た。

「どうした？　何か手がかりが見つかったのか？」

「そうじゃないんだけど……。うちのお母さんがね、エイタが消えた場所は、林田岸壁《はやしだがんぺき》じゃないかって言うのよ」

「林田岸壁《はやしだがんぺき》？　でも何でそこだと思うんだ？」

「お母さんが言っていたんだけど、あの辺りは〝人を飲み込《こ》む港〟って言われていて、過去にも色々あったみたいなの……」

サキの話によると、最初の事件が起きたのは二〇〇三年の夏。『林田《はやしだ》に行く』というメモを残して、男性が行方不明になってしまった。そして、林田岸壁付《はやしだがんぺきふ》近《きん》の海の中を警察《けいさつ》やダイバーが調べてみると、五台の車が沈《しず》んでいるのが見つかった。車内を調べると、なんと一台に一体ずつ、すべての車から死体が見つかったというのだ。

「不思議なのはね、そのメモを残して消えた男性が、その五人の死体の中にいなかったってことなの。あ、なんかごめん。あてにならない情報で」

「いや、でも念のため林田岸壁《はやしだがんぺき》も調べてもらうように警察《けいさつ》に頼《たの》んでみるよ」

数日後、林田岸壁《はやしだがんぺき》近くの海中からエイタは発見された。車の中で、携帯《けいたい》を握《にぎ》りしめている姿《すがた》で亡《な》くなっていたそうだ。

その日の夜。俺《おれ》は、菓子《かし》や花束を持って林田岸壁《はやしだがんぺき》へ出かけた。

二二時四八分。あの日、エイタから電話がかかってきた時間に、俺《おれ》は海に向かって祈《いの》った。すると突然《とつぜん》、携帯《けいたい》が鳴った。

二二時四八分。着信　エイタ。

「うそ……だろ……」

恐《おそ》る恐《おそ》る通話ボタンを押《お》す。スピーカーからは、ゴボゴボというあの音が聞こえてくる。ふと海の方に目をやった俺《おれ》は凍《こお》りついた。波間から出ている何十本もの青白い手が、手招きをしているのが見えた。

愛媛県

河南《かなん》病院からの使者

「お前、そんなところにばっかり、よく取材に行けるな」

と、ルポライター仲間のヨウヘイが、あきれ顔で言った。

ヨウヘイの言う〝そんなところ〟というのは、心霊《しんれい》スポットのことだ。俺《おれ》は、日本各地の怪奇《かいき》現象や心霊《しんれい》現象が起きると噂《うわさ》される場所を取材して、週刊誌《しゅうかんし》に記事を書いている。その週刊誌《しゅうかんし》の編集部に顔を出したところ、ヨウヘイに会ったってわけだ。

「明日は、愛媛《えひめ》へ行ってくるよ。今治《いまばり》市の河南《かなん》病院ってとこだ」

「気を付けて行ってくるんだぞ。お前、心霊《しんれい》スポットに行き過ぎて、ちょっと感覚おかしくなってるからな」

と、ヨウヘイが苦笑している。

「わかったよ。ありがと。愛媛《えひめ》から帰《かえ》ったら、夕飯《ゆうはん》でも食《た》べに行《い》こう」

「おう、そうだな」

河南《かなん》病院の建物は、かつて製糸工場だったが、いつからか結核《けっかく》にかかった患《かん》者《じゃ》だけを診察《しんさつ》する病院になった。いまでこそ、結核《けっかく》は治る病気だが、昔は、〝死の病〟といわれていた。だから、この病院に入院する患者《かんじゃ》のほとんどは、死ぬことがすでに決まっている人たちだったという。

建物の中は、想像以上に荒《あ》れていた。窓《まど》にかかっているカーテンはボロボロにほころび、ネズミなどの動物が棲《す》みついているのか、嫌《いや》なニオイが漂《ただよ》っている。室内の写真を撮《と》ったり、メモをとったりしながら三〇分くらいいたけれど、何にも起こりはしなかった。

『それほどじゃないいな……』と思いながら足元を見ると、床《ゆか》には、カルテや白衣、手術に使われていたと思われるメスなどが散らばっていた。

何かしらの〝収穫《しゅうかく》〟が欲《ほ》しくなった俺《おれ》は、『これ、一枚いただいちゃおう』と、床《ゆか》からカルテを拾い上げてバッグにしまい、その場をあとにした。

愛媛《えひめ》から帰った翌日《よくじつ》の夜のことだ。

家の電話が鳴って出てみると、ものすごくかすれた声が聞こえた。

「カル……テを、かえ……せ……。カルテを……かえせー！」

あちこちの心霊《しんれい》スポットに行ってるから、そりゃあ何度も怖《こわ》い思いはしてきた。でも、電話がかかってきたのは初めてだ。

とっさに声が出せずに固まっていると、電話の向こうの声《こえ》が大きくなった。

「では……、とりに……行《い》くぞ」

ドンッ！　ドンッ！　ドンッ！　ドンッ！　ドンッ！

電話が切れた途端《とたん》、玄関《げんかん》のドアを誰《だれ》かがすごい勢いで叩《たた》き始めた。

『ヤバイことになった』と、さすがの俺《おれ》も焦《あせ》ったが、しばらくすると、玄関《げんかん》を叩《たた》く音がピタリと止まった。

「ふう……」

俺《おれ》は、ヨロヨロとベッドに座《すわ》り込《こ》み、深呼吸《しんこきゅう》した。すると……。

バンッ！　バンッ！　バンッ！　バンッ！

ベッドの横にある大きな窓《まど》から音がする。誰《だれ》かが、二階にある俺《おれ》のマンションの窓《まど》を叩《たた》いていることになる。でも、その窓《まど》の外には、ベランダなどありはしない。

バンッ！　バンッ！　バンッ！　バンッ！　バンッ！

震《ふる》える手でカーテンを開けると、白衣を着た医師が血だらけの手で窓《まど》を叩《たた》いていた。

徳島県

土の下に眠《ねむ》る「保瀬《ほせ》」の村

いつも遊んでいる公園や広大なショッピングモール、山間に建つホテル、そして、毎日通っている学校。

あなたは、いま自分が立っている場所の足元には、何があるか考えたことがあるだろうか。

『足元には土しかないに決まってる』って？　本当にそうだろうか。これからお話しするのは、一人の女性の呪《のろ》いによって消えてしまった、保瀬《ほせ》という集落の話だ。

昔、ある美しい女性が、幼《おさな》い娘《むすめ》を連れて保瀬《ほせ》へとやってきた。女性の名は、サトミ。サトミが村を訪《おとず》れたのには訳《わけ》がある。それは、この地に住む、ある男性と結婚《けっこん》するためだった。

ところがサトミは、その美しさゆえ、村で絶大な権力《けんりょく》を持つ別の男性にみそめられてしまう。

「結婚《けっこん》してくれ！　お願いだ！」

婚約者《こんやくしゃ》のいるサトミは、もちろん権力者《けんりょくしゃ》の求婚《きゅうこん》に対して、首をたてに振《ふ》ることはなかった。

「俺《おれ》には、権力《けんりょく》も地位も金もある。絶対に苦労はさせない！」

そんな言葉で何度もお願いされたが、サトミの気持ちが変わることはない。

それはサトミが、婚約者《こんやくしゃ》の男性を心の底から愛していたからだった。

サトミが権力者《けんりょくしゃ》の申し出を断り続けていると、次第に町の人たちの態度がおかしくなってきた。

村の人たちは、保瀬《ほせ》というこの地を代表するような男性の申し出を断り続けるサトミのことが面白くなかったのだ。なかには、嫉妬心《しっとしん》を抱《いだ》く女性がいたのかもしれない。

サトミは、村の人々の反感をかってしまい、嫌《いや》がらせの標的《ひょうてき》になってしまったのだ。


道を歩いているだけで後ろ指をさされ、ヒソヒソと噂《うわさ》される。

買い物に行くと、「お前に売るものはない」と言われて店を追い出される。

娘《むすめ》と公園へ行けば、どこからか石が飛んできて、そのうち家の窓《まど》ガラスも石で割られてしまうようになった。

こうなってしまうと、婚約者《こんやくしゃ》との結婚《けっこん》の話が無事に進むわけはない。

気づけば、サトミの婚約者《こんやくしゃ》だった男性は、違《ちが》う村へ引っ越《こ》していった。

ここでついに、サトミの心が壊《こわ》れてしまった。

『私《わたし》が死んだあと、この村を土の下に埋めてやる！』

そんな言葉を残して、サトミは行動を起こす。娘《むすめ》の首をナイフで一突《つ》きして殺すと、自分は村に流れる深い川に身を投げて命を絶ってしまったのだ。

それから数年後のことだ。保瀬《ほせ》の村は、これまで経験したことがないような大災害に見舞《みま》われた。何日も大雨が降《ふ》り続いたかと思うと、大きな地震《じしん》が発生したのだ。雨でゆるんでいた地盤《じばん》はもろく、保瀬《ほせ》の村は、大規模《だいきぼ》な地滑《じすべ》りによって、一瞬《いっしゅん》のうちに土の下に消えてしまった。

いまでも、保瀬《ほせ》に人が住むことはない。しかし、サトミと娘《むすめ》の命日になると、二つの人魂《ひとだま》が、ゆらゆらと揺《ゆ》れているといわれている。

高知県

神社で転がるのは……

夏祭りの日。ユキちゃんは、白地に朝顔柄《がら》の浴衣《ゆかた》を着て神社にやって来た。

「可愛いー！　すごく似合ってる！　私《わたし》も浴衣《ゆかた》にすれば良かったなぁ」

「来年はアイちゃんとお揃《そろ》いの浴衣《ゆかた》にしようね。あ、金魚すくいだ！」

ユキちゃんは、色白で目が大きくてお人形さんみたいな女の子。私《わたし》たちは家が近かったこともあって、一番の仲良しだった。

「あ、ユキちゃんの金魚の袋《ふくろ》、穴《あな》が空いてるみたい」

「本当だ、水が漏《も》れてる！　待ってて、そこの川で水を入れてくるね」

「危《あぶ》ないから私《わたし》も一緒《いっしょ》に行くよ」

「ううん、大丈夫《だいじょうぶ》。すぐ戻《もど》ってくるから」

ユキちゃんは小さく手を振《ふ》ると、しげみに消えた。そして、そのままユキちゃんは戻《もど》ってこなかった。闇《やみ》に消えていく白い浴衣姿《ゆかたすがた》が忘《わす》れられない。

半年ほど経った頃《ころ》、神社の周辺で奇妙《きみょう》な噂《うわさ》を耳にするようになった。

「真夜中に、鳥居のあたりでボールのようなものが跳《は》ねていて、よく見ると女の子の生首だったんだって！」

「神社の境内《けいだい》に、少女の生首がつき刺《さ》さっている木があるらしいよ……」

「女の子の生首が、くるくると回って消えたんだって」

共通《きょうつう》して言えるのは、どれも〝少女の首〟にまつわる話だってこと。

「ユキちゃんがいたら、二人で神社へ肝試《きもだめ》しに行《い》けるのに……」

私《わたし》はその噂《うわさ》を聞きながら、ユキちゃんを思い出していた。

ある日、神社の前を通りかかると、境内《けいだい》から少女の声が聞こえてきた。

「あーそーぼー。だーれーか、あーそーぼー」

なぜか懐《なつ》かしさを感じた私《わたし》は、その声の主を探《さが》すように鳥居《とりい》をくぐった。すると、一本の木の下に、浴衣《ゆかた》を着た女の子がポツンと立っているのが見えた。

「こんな冬の寒《さむ》い時期に、何で浴衣《ゆかた》なんか着てるんだろう？　……あっ！」

女の子と目が合った瞬間《しゅんかん》、女の子の首はポンッと上に吹《ふ》き飛び、私《わたし》を目がけて飛んできた。

私《わたし》は怖《こわ》くなかった。むしろ、ずっと会いたかった友達に会えてうれしかった。

「ユキちゃん！！　ユキちゃん……ごめんね。あの日、私《わたし》も一緒《いっしょ》に行けばよかったよね。助けてあげられなくて、ごめん……本当にごめんね」

私《わたし》の目から涙《なみだ》があふれ出る。すると、頭の中でユキちゃんの声が響《ひび》いた。

『アイちゃん、大好き。ありがとう』

そして、ユキちゃんの首は、ふわりと空に浮《う》かんで消えてしまった。

それ以来、神社で少女の首を見たという話はパタリと聞かなくなった。

福岡県

いたずらの代償《だいしょう》

小学校の修学旅行に行く前、僕《ぼく》は、ツバサとフウタと三人で、ある約束をした。それは、修学旅行先の福岡《ふくおか》で、ホントだったら持ってっちゃダメな物を一人一つ持ち帰るってことだ。修学旅行が終わったら、三人だけで集まって、誰《だれ》がいちばんスゴイものを持って帰って来たか見せ合うんだ。

修学旅行の最終日に行ったのは、大きな鳥居をくぐって、竹やぶの道を歩いた先にある、せまくて暗い洞《どう》くつだった。

「わっ、なんか気味悪いとこだな」

と、フウタが言うと、担任《たんにん》のシバタ先生が「静かに！」と叱《しか》ってから説明を始めた。

「ここには、たくさんのお地蔵《じぞう》さまが安置されています。その数は十三体で、地元の人たちは、このお地蔵《じぞう》さまを十三佛《じゅうさんぶつ》と呼《よ》んでいます。十三佛《じゅうさんぶつ》というのは、あの世の審理《しんり》にかかわる十三の仏《ほとけ》のことです」

「なんだか難《むずか》しくて、よくわかんなかったなー」

「俺《おれ》もー」

「もっと面白いとこ行きたいよな」

洞《どう》くつを出て、最後尾《さいこうび》に陣取《じんど》って三人で話しながら歩いていると、ツバサのリュックが妙《みょう》にずっしりとしている。

「お前……まさか、あそこから何か持ってきたのか!?」

ツバサがこっそりとリュックから出したのは、お地蔵《じぞう》さまの頭だった。

異変《いへん》が起きたのは、そのすぐあとのことだった。歩く僕《ぼく》たちの列に大型バイクが突《つ》っ込《こ》んできて、ツバサがはねられてしまったのだ。もしかしたら、リュックが重くてすぐに避《よ》けられなかったのかもしれない。ツバサは、即死《そくし》だった。

「お地蔵《じぞう》さまの祟《たた》りだ！」

恐《おそ》ろしくなった僕《ぼく》は、シバタ先生に何もかもを正直に話して、お地蔵《じぞう》さまの頭を返しに行くことにした。修学旅行の前にあんなバカな約束さえしなければと後悔《こうかい》したけど、もう遅《おそ》い。

話を聞いたシバタ先生には、ものすごく叱《しか》られたけど、洞《どう》くつまで付き添《そ》ってくれるという。

「なぁ、フウタも一緒《いっしょ》にお地蔵《じぞう》さまに謝りに行こう」

「嫌《いや》だ！　俺《おれ》は何にも悪いことしてない！　だいいち、もうあんな気味の悪いところ行きたくないよ！」

と、フウタは泣きながらホテルの部屋にこもってブルブルと震《ふる》えている。

洞《どう》くつへ行って、お地蔵《じぞう》さまの頭を戻《もど》そうとすると、十三体あったはずのお地蔵《じぞう》さまが十二体しかないことがわかった。ツバサが頭を持ち帰ったお地蔵《じぞう》さまの体がなくなっていたのだ。

「ごめんなさい！　ごめんなさい！　もう、絶対にしません！」

何度も謝ってから頭を置き、固く目をつぶって手を合わせ、もう一度謝った。

「本当にごめんなさい！！」

そして目を開けると、さっきまで見当たらなかったお地蔵《じぞう》さまの体が現れていて、お地蔵《じぞう》さまはもとの十三体に戻《もど》っていた。

ホテルへ戻《もど》ると、またしても騒《さわ》ぎが起きていた。クラスのみんながフウタを心配してドアを何度も叩《たた》くのに返事がないという。

ホテルの人にお願いしてドアを開けてもらうと、フウタはベッドの上で、何かすごく怖《こわ》いものを見たように顔を歪《ゆが》めたまま、息絶えていた。

佐賀県

血をなめる猫《ねこ》

「あっ！　こらお前たち、ぺぺちゃんに何をするんじゃ！」

おじいちゃんの怒鳴《どな》り声に驚《おどろ》いた中学生たちは、走って逃《に》げていった。

〝ぺぺ〟というのはおじいちゃんが可愛がっている野良猫《のらねこ》のことで、僕《ぼく》たちの散歩コースである河川敷《かせんじき》に住んでいる。近頃《ちかごろ》ぺぺは中学生たちから〝いじめ〟を受けているらしく、僕《ぼく》とおじいちゃんは警備《けいび》をしていたところだった。

「ひどいことばかりしやがって。いつかぺぺちゃんが化《ば》け猫《ねこ》になるぞ！」

おじいちゃんの思いがけない発言に、僕《ぼく》はプッと吹《ふ》き出した。

「何がおかしい！　昔から日本には化《ば》け猫《ねこ》にまつわる伝説が数多くあるんじゃ。佐賀藩《さがはん》の『化《ば》け猫騒動《ねこそうどう》』のように猫《ねこ》の復讐《ふくしゅう》があるかもしれんぞ」

「ねぇねぇ、それってどんな話？　聞かせて！」

おじいちゃんと僕《ぼく》は河原のベンチに座《すわ》って話をした。

「時は戦国時代。佐賀藩藩主《さがはんはんしゅ》・鍋島光茂《なべしまみつしげ》が、家臣の又七郎《またしちろう》と碁《ご》を打っていた時のことじゃ。又七郎《またしちろう》のささいな発言に腹《はら》を立てた光茂《みつしげ》は、又七郎《またしちろう》を殺してしまった。その事実を知った又七郎《またしちろう》の母は、飼っていた猫《ねこ》に光茂《みつしげ》への恨《うら》みを語り、自分のノドに小刀を突《つ》き刺《さ》して自殺したというわけじゃ」

「かわいそう……。で、化《ば》け猫《ねこ》はどうしたの？」

「母は死の直前、『この血を吸《す》って、私《わたし》の恨《うら》みを晴らして』と猫《ねこ》に告げていた。その血を舐《な》めた猫《ねこ》は化《ば》け猫《ねこ》となって、復讐《ふくしゅう》を始めたんじゃ。お城《しろ》では死人が続出し、ほとんどの人がノドを食いちぎられていたという」

その時、後ろの草むらから足音が聞こえた。振《ふ》り返ると、例の中学生たちが石を持って立っていた。

「このクソじじいー！　これでもくらえっ！」

僕《ぼく》たちは石《いし》を避《さ》けるのに必死だった。それでも中学生たちは石を投げ続け、しばらくすると笑いながら土手の方へと逃《に》げていった。

「あ、おじいちゃん！　手が！」

ペペをかばっていたおじいちゃんの手から血が流れている。ペペは、まるで手当てをするかのように、その血をペロペロと舐《な》めていた。


翌朝《よくあさ》。近所の通りをサイレンを鳴らした救急車がひっきりなしに通る。様子を見に行ったお母さんが「大変大変！」と言いながら帰ってきた。

「そこの角で、通学途中《とちゅう》の中学生の列に車が突《つ》っ込《こ》んだって！　何でも、急に猫《ねこ》が飛び出してきて、避《さ》けようとした車が歩道に乗り上げたみたいなのよ」

それを聞いて、僕《ぼく》とおじいちゃんは顔を見合わせた。

つがね落としの滝《たき》で見た人は

「どうだ、スゴイだろ、アオイ」

「わー、おっきな滝《たき》！　お父さんスゴイね！」

私《わたし》は、目の前に流れ落ちる滝《たき》を一目で気に入った。

「これはね、つがね落としの滝《たき》っていうんだ。お父さんもよく子どもの頃《ころ》、ここでよく遊んだんだよ」

「おじいちゃんに連れてきてもらったの？」

「そうだな。アオイくらいのときは、おやじによく連れてきてもらったし、中学生になってからは友達と来てたな」

滝《たき》の下には、大きなテーブルみたいな平たい岩があって、その上を水が滑《すべ》るように流れている。その岩の上で水遊びができるようになってて、お母さんも足を水につけて気持ちよさそうに笑ってる。

今、私《わたし》は夏休み中。お父さんの実家がある長崎《ながさき》に来ているところだ。


おじいちゃん家に戻《もど》ると、おばあちゃんがスイカを切《き》って待《ま》っていてくれた。

「あらそう、今日はつがね落としの滝《たき》に行ってたの。あの滝《たき》はね、長崎百景《ながさきひゃっけい》にも選ばれているのよ。アオイ、きれいだったでしょう？」

「うん、おばあちゃん！　すごくきれいだった。私《わたし》、あの滝《たき》、好き！」

「そう、よかったわ。あそこは、ハイキングコースになってるから、夏になると混み合うのよね。人がたくさんいたんじゃない？」

「そうでもなかったけど、着物を着た人がいたのはびっくりしたかな」

「えっ、着物の人なんていた？」

と、お父さんもお母さんもびっくりして顔を見合わせている。

「あんなところにねぇ……」

と、おばあちゃんも首をかしげた。

「あ、そっか。お父さんとお母さんがおしゃべりしてたときかも。滝《たき》の横に着物の人がいてね、私《わたし》に手を振《ふ》ってたんだよ」

「あぁそれは、ご先祖《せんぞ》さまかもしれないな。アオイのこと、見守ってくれてたのかもしれない」

と、おじいちゃんだけは驚《おどろ》かずに、そんなことを言う。そして、つがね落としの滝《たき》の歴史を教えてくれた。

「あの滝《たき》はね、昔、キリスト教の信者がこっそりと礼拝《れいはい》をしていた場所だったんだよ」

「あんな山の中で？　なんでこっそりなの？」

「長崎《ながさき》はね、戦国時代の頃《ころ》からキリスト教を信じる人が多かったんだけど、徳川家の時代には、キリスト教は禁止されていたんだ。それで、幕府《ばくふ》の人に見つからないように、あそこでこっそり礼拝《れいはい》をしていたのさ」

「ふうん。そうなんだ。見つかっちゃうとどうなるの？」

「かわいそうなことに、見つかるとその場で殺されてしまったんだよ。だから、あの滝《たき》でもたくさんのキリスト教徒が命を落としているんだ」

おじいちゃんが子どもの頃《ころ》は、もうそんなことはなかったけど、ご先祖《せんぞ》さまは、あのつがね落としの滝《たき》で亡《な》くなったようだってことだった。

東京へ戻《もど》る前の日のこと。私《わたし》は、お父さんにお願いして、また、つがね落としの滝《たき》に連れて行ってもらった。思いっきり遊んでから帰るとき、私《わたし》が、滝《たき》の方に向かって手を振《ふ》っていると、お母さんが聞いてきた。

「アオイ、誰《だれ》に手を振《ふ》ってるの？」

そうか、お母さんたちにはやっぱり見えないんだな。

「ううん、なんでもない」

と、答《こた》えながら、私《わたし》は心の中でご先祖《せんぞ》さまにあいさつをした。

熊本県

血塗《ぬ》られた田原坂《たばるざか》の霊《れい》

「おーい、カズマ！　日曜日は九時のバスだっけ？」
「うん、正確には九時三分だけど。ツヨシ、遅《おく》れないでよ」
「お、そっか。大丈夫《だいじょうぶ》！　大丈夫《だいじょうぶ》！」

秀才《しゅうさい》タイプのカズマと俺《おれ》が親友同士なのは、皆《みな》の目から見ると違和感《いわかん》があるらしい。中には「大久保利通《おおくぼとしみち》と西郷隆盛《さいごうたかもり》みたいだな」と言ってくるヤツもいた。まぁ外見の話だろうけど。

カズマとは幼稚園《ようちえん》の時からの付き合いだから、かれこれ十年近い仲だ。お互《たが》い性格も身長も、そして成績も……全然違《ちが》うけど、共通《きょうつう》の趣味《しゅみ》がある。それは〝歴史好き〟ってこと。そんなわけで、今度の日曜日はカズマと一緒《いっしょ》に、田原坂西《たばるざかせい》南《なん》戦争資料館へ行くことになった。

日曜日の朝。支度をしていると、ばあちゃんが俺《おれ》を呼《よ》び止めた。

「ツヨシ、田原坂《たばるざか》へ行くなら、この鈴《すず》を持っていきな。もし、兵隊さんが現れたら、この鈴《すず》を鳴らしなさい。そして、『安らかに、お眠《ねむ》りください』と、熱心に祈《いの》るんだよ」

「う、うん。分かった。あっ！　もうこんな時間。カズマに怒《おこ》られる！」

変なことを言うなぁと思いながら、俺《おれ》は鈴《すず》を受け取り、家を飛び出した。

田原坂西南戦争資料館《たばるざかせいなんせんそうしりょうかん》は、西南《せいなん》戦争時の資料や写真、それに色々な銃《じゅう》や武器が展示《てんじ》されていて、俺《おれ》たちは熱心に見入っていた。

「明治政府軍と薩摩《さつま》軍の戦いで、一番激《はげ》しかったのは、ここ田原坂《たばるざか》だったみたいだね。二〇〇〇人以上の兵隊が戦死したらしいよ」

カズマは神妙《しんみょう》な顔をして、当時の写真を眺めていた。

「おい、カズマ。もうすぐ閉館《へいかん》っぽいぞ。そろそろ帰ろうぜ」

外はすでに薄《うす》暗くなっていた。バスの時間まで少しあるので、俺《おれ》たちは散歩することにした。すると、先を歩いていたカズマが立ち止まった。

「ツヨシ、あそこ……」

カズマが指差す方向を見ると、木立の間から何十人もの人たちが、こちらをジッと見ている。どの人も全身血だらけで、兵隊のような出で立ちだ。

「さっき、資料館の写真で見た人たちと同じだ……」

「うっ、うわーっ！」

俺《おれ》たちは全力で駆け出した。すると後ろの方から、パカッパカッと馬の走る音が聞こえてくる。振《ふ》り返ると、兵隊が馬に乗って追いかけてくるのが見えた。

俺《おれ》はひと目で兵隊が生きている人間でないことが分かった。なぜなら、その兵隊の上半身が無かったからだ。

馬はどんどんスピードを上げて俺《おれ》たちに迫《せま》ってくる。その時、後ろを走っていたカズマがつまずいて道に倒《たお》れ込《こ》んだ。

「あっ、カズマ！！」

カズマに馬が飛びかかろうとした瞬間《しゅんかん》、俺《おれ》は、ばあちゃんが持たせてくれた鈴《すず》を思い出した。ポケットから鈴《すず》を出すと思い切り鳴らし、一心不乱《いっしんふらん》に祈《いの》った。

「どうか安らかに、お眠《ねむ》りください！　どうか安らかに！！」

すると、馬はスーッと俺《おれ》たちの前から消えてしまった。

帰りのバスの中。俺たちは一言も話さず、うつむいていた。

窓《まど》の向こうからは、何十人、いや何百人もの兵隊たちの視線《しせん》を感《かん》じた。

大分県

別大国道《べつだいこくどう》のお地蔵《じぞう》さま

ヒトというものは、なんとも不思議な生き物だ。せっかく歩くための足がついているというのに、箱のようなものに乗っては、道を何度も行ったり来たりしている。

私《わたし》がいるのは、別大国道《べつだいこくどう》だ。ここにいると、一日にいくつもの箱のようなものが行ったり来たりして落ち着かない。いったいヒトは、どこへ行ってどこに帰っているのだろうか。

昔はあれほど澄《す》んでいた空気が、いまは決してきれいとはいえず、私《わたし》のところへ遊びに来る鳥や虫たちも減ってしまった。

ヒトは、箱のようなものに乗っているし、あんなに速く走っていたのでは、誰《だれ》も私《わたし》に気付かないだろう。ましてや、立ち止まって私《わたし》に手を合わせるものなど、ほんの数えるほどしかいない。

ヒトは、道を行ったり来たりする箱では飽《あ》き足《た》らず、ある時から、もっと大きな箱を作っていくつもつなげ、大勢で乗っては、もっと遠くまで行き、また戻《もど》ってを繰《く》り返すようになった。

その大きな箱がいくつもつながったものは、どうやら「デンシャ」というらしい。そのデンシャが、ある日、山の土砂《どしゃ》に飲み込《こ》まれた。

それは、もう何日も激《はげ》しい雨が降《ふ》り続いた日で、大きな夕日が沈《しず》むころだった。ヒトは、山が崩《くず》れたと大騒《さわ》ぎをしたが、山というものは、昔からそういうものなのだ。山がふくみきれないほどの雨が何日も降《ふ》り続けば、崩《くず》れるに決まっている。

デンシャが土砂《どしゃ》に飲み込《こ》まれたことで、海沿いの町は大騒《さわ》ぎになった。デンシャには、小さな子どもたちが乗っていて、たくさんの命が失《うしな》われたからだ。そして、そのデンシャが土砂《どしゃ》に飲み込《こ》まれてからというもの、近くの道を走る道でも次々とヒトが死ぬようになった。

道はゆるやかに曲がっているものの、海岸沿《ぞ》いのため見通しが悪いわけではない。それでもヒトは、箱のようなもの同士をぶつけたり、仲間であるはずのヒトをひいたりして命を落としていた。

その頃《ころ》からだ。急に道行くヒトが、私《わたし》の前で立ち止まっては、熱心に手を合わせるようになったのは。

「お地蔵《じぞう》さまお願いです。電車で亡《な》くなった人の霊《れい》が、別大国道《べつだいこくどう》で事故を起こしているのかもしれません。どうか、霊《れい》たちの悲しみを鎮《しず》めてください」

すると、私《わたし》に何度も手を合わせているうちに、私《わたし》の手の秘密《ひみつ》に気付く者が現われた。

「お地蔵《じぞう》さまの手が下がってきている！」

そう。私《わたし》の手は、もともと上を向いていた。だが、少しずつ少しずつ下がっている……、いや、下げているのだ。ヒトの命を招くために。

ヒトはいつしか、自分たちの住む「仏崎《ほとけざき》」という土地の由来《ゆらい》を忘《わす》れてしまったようだ。仏崎《ほとけざき》は、もともと仏《ほとけ》さまが海からよく陸に流れ着いたことから付いた名前だ。

この仏《ほとけ》さまというのは、そう、死体のことだ。

宮崎県

らせん階段《かいだん》の続く先は……

念願の自動車免許《めんきょ》を取得した私《わたし》は、中学時代の同級生のアヤとドライブに出かけた。海へ行ったりショッピングモールをはしごしたり、色々な所を回ったので、すっかり日が暮《く》れてしまった。

すると、スマホを見ていたアヤが顔をあげた

「ねえ、今からホテル・アイランドへ肝試《きもだめ》しに行かない？」

「えー。そこって幽霊《ゆうれい》が出る有名な廃墟《はいきょ》でしょ。ヤバくない？」

「大丈夫《だいじょうぶ》だよ、とりあえず建物だけ見てみようよ！」

アヤの強引な提案に、私《わたし》はしぶしぶ同意した。

ホテル・アイランドは、宮崎県《みやざき》でも有数の心霊《しんれい》スポットだ。元々は結核患者《けっかくかんじゃ》用の病院だったらしいが、戦時中は陸軍病院として多くの負傷者《ふしょうしゃ》が運《はこ》ばれ、そして亡《な》くなったらしい。そんな人々の無念の思いがしみこんだ跡《あと》に建てられたホテルだ。何も起こらないはずがない。

伸《の》び放題の草木に囲まれたホテル・アイランドは異様《いよう》な雰囲気《ふんいき》だった。

「アヤ、気が済《す》んだでしょ。もう早く帰ろう」

「ねぇ、せっかくだから、ちょっと入ってみようよ」

「ちょっとやめてよ！　建物だけ見て帰るって言ったじゃない！」

必死になって止めても、アヤはどんどん先へと進んでいく。私《わたし》は急いでアヤの後を追った。

ホテルの内部はひどい有り様だった。剥《は》がれ落ちた壁《かべ》にはスプレーの落書き、床《ゆか》には壊《こわ》された家具などが散乱《さんらん》し、まさに廃墟《はいきょ》といった感じだ。すると突然《とつぜん》、目の前にらせん階段《かいだん》が見えた。

「ねえ、階段《かいだん》に上がるから写真撮《と》ってよ。そしたら車に戻《もど》ろう！」

アヤは私《わたし》にスマホを差し出すと、階段《かいだん》を駆《か》け上がった。

「アヤ、怖《こわ》いよ。早くして！」

私《わたし》は早《はや》く戻《もど》りたい一心《いっしん》で、スマホを構《かま》えていた。その時《とき》だった。

「ダン……ダンダンダンダン！！」

と、階段《かいだん》を上がる足音がしたかと思うと、白い人影《ひとかげ》のようなものがアヤにおおいかぶさった。そして、そのままものすごい勢いで、アヤは上の階へと吸《す》い込《こ》まれていった。


想像を絶する恐怖《きょうふ》の前では、悲鳴を上げることもできない。

私《わたし》は這《は》いつくばりながら車へ戻《もど》った。シートベルトを締《し》め、エンジンキーを差し込《こ》む。しかし、恐怖《きょうふ》で指が震《ふる》え、なかなかエンジンキーが鍵穴《かぎあな》に入らない。

「ドンドンドンドンッ！　ドンドンドンドンッ！」

車の窓《まど》を思いきり叩《たた》く音がする。私《わたし》はパニックになりながらも、なんとか車を発進させ、無我夢中《むがむちゅう》でホテル・アイランドから逃《に》げ出した。国道の外灯に照らされた窓《まど》には無数の人の手形が浮かび上《あ》がっていた……。

「そうだ、早く警察《けいさつ》に行かなきゃ！　アヤを助けないと！」

私《わたし》は派出所《はしゅつじょ》へ駆《か》け込《こ》み、お巡《まわ》りさんにさっき起こった出来事を話した。すると、お巡《まわ》りさんは怪訝《けげん》そうな顔をして、こう言った。

「ホテル・アイランドは、たしか二〇〇五年頃《ごろ》にとり壊《こわ》されて、現在は空き地のはずですが……」

鹿児島県

開聞岳《かいもんだけ》の〝下〟での出来事

「なぁ、もうどれぐらいになる？　歩きだしてから」

「さぁ……な。時計持ってないし、スマホは突然《とつぜん》動かなくなるし、わかんないよ。ほんっと参ったよな……」

僕《ぼく》は、友達のカイトとトンネルの中を歩いている。トンネルは、薩摩《さつま》半島の南の端《はし》にある開聞岳《かいもんだけ》の下に掘《ほ》られたものだ。はるか遠くに外の明かりが小さく見えるけど、長くて暗いトンネルは、延々《えんえん》と続くような気がして僕《ぼく》たちの気力を失わせる。もちろん、トンネルのなかを歩きたくて歩いているわけじゃない。最初は車に乗っていた……。

「わっ！」

運転していたカイトが、叫《さけ》びながら急ブレーキを踏《ふ》んだのは、トンネルに入ってすぐのことだった。

「どうしたんだよ！　何かひいたのか？」

「いや……、なんだろう、ハンドルが急に左へ引っ張られた！」

トンネルの中はかなり暗くて、車一台が通れるくらいの幅《はば》しかない。もう少しで、左の壁《かべ》に車がぶつかるところだった。

外に出てみると、何かをひいた様子はないが、困《こま》ったことに前輪のタイヤがパンクしている。トンネルの中に緊急《きんきゅう》用の電話なんて見当たらないし、スマホはつながらないし。で、仕方なく歩くことにしたのだ。

しばらく歩いていると、ふうっと冷たい風が上から降《お》りてきた。びっくりして天井《てんじょう》を見上げると、暗くてはっきりしないが、どうやら通気口があるようだ。人は、視界《しかい》が限られる空間では臆病《おくびょう》になってしまうものらしい。

「あぁ、びっくりした」

と、僕《ぼく》がつぶやくと、隣《となり》でカイトが天井《てんじょう》を見つめながら言った。

「お、おい、あれっ!」

カイトの視線《しせん》の先にあったのは、たくさんの目だった。目だけが闇《やみ》のなかに浮《う》かんで、こちらをじっと見つめている。

「うわーっ!!」

僕《ぼく》たちは、無我夢中《むがむちゅう》で走り出した。外に出られるはずの小さな明かりに向かって。

「もう、これ以上は走れない」と思ったとき、前方に人影《ひとかげ》が見えてきて、心細くてたまらなかった僕《ぼく》たちは、思わず声をかけた。

「すみませーん!」

トンネルのなかは声が響《ひび》くし、聞こえるはずの近さなのに振《ふ》り向かない。

僕《ぼく》とカイトは、小走《こばし》りでその人との距離《きょり》をさらに縮《ちぢ》めた。すると……。

薄闇《うすやみ》のなかに見えてきたその人は、血だらけの軍服を着た男性だった。

「うわーっ！」

最後の力を振《ふ》り絞《しぼ》って、また僕《ぼく》たちは全速力で走り出した。すると、あんなに遠くに見えていたはずの出口の明かりが、あり得ないスピードでどんどん大きくなって、急にトンネルの外に出ることができた。


のちに、このときの恐怖体験《きょうふたいけん》を祖父に話したところ、こんなことを教えてくれた。

「開聞岳《かいもんだけ》の下に掘《ほ》られたトンネルはな、もともと太平洋戦争のときに軍の兵器や弾丸《だんがん》などの隠《かく》し場所として使われていた場所なんだよ。その跡地《あとち》を利用してトンネルにしたわけだ。戦時中には防空ごうとして使われて、多くの人があそこで尊《とうと》い命を落とした。その人たちの魂《たましい》が、あのトンネルの中でいまもさまよっているのかもしれないな」

沖縄県

キジムナーに好かれると……

沖縄《おきなわ》に住むケイコおばさんの誘《さそ》いを受けて、今年の家族旅行は石垣島《いしがきじま》にやって来《き》た。どこまでも続く青い空とアクアブルーの海。初めての石垣島《いしがきじま》は、本当に素晴らしかった！　ただ、アイツが現れるまでは……。

アイツとの出会いは木の上だった。ケイコおばさんの家の庭には〝ガジュマル〟という名前の木があって、僕《ぼく》は登ってみることにした。すると、木の上には先客がいた。それが、アイツだ。

アイツは僕《ぼく》と同じくらいの身長で、小学四、五年生くらいに見えたが、全身から髪《かみ》の毛の先に至《いた》るまで真っ赤な色をしていた。

「やぁ、君はこの辺の子？　名前は何ていうの？」

僕《ぼく》は精いっぱいフレンドリーな態度をとったが、アイツは隣《となり》の家の屋根へ飛び移って、どこかへ行ってしまった。

「……なんだ、アイツ？」

その晩《ばん》、僕《ぼく》は誰《だれ》かに身体を揺《ゆ》さぶられた。目を覚ますと、なんと、アイツが僕《ぼく》の顔をのぞきこんでいる。ビックリした僕《ぼく》が声を上げると、笑いながら窓《まど》から消えていった。その後もアイツのイタズラは続き、僕《ぼく》の帽子《ぼうし》を奪《うば》ったり、布団の中に入ってきたり、海の中で足を引っ張ったり、好き放題やられていた。

たまりかねた僕《ぼく》は、ケイコおばさんに相談した。

「それはきっと、キジムナーだね。」

「キジムナー？」

「そう。沖縄《おきなわ》に住む妖怪《ようかい》っていうのかな。キジムナーに好かれた人はお金持ちになれると言われているんだけど、キジムナーを裏切《うらぎ》るようなことをすると、目をつぶされたり、殺されることもあるんだって」

「じゃあ、キジムナーから逃《に》げるにはどうしたらいいの？」

怖《こわ》くなった僕《ぼく》は、キジムナーと縁《えん》を断《た》つ方法《ほうほう》を聞《き》いてみた。

「キジムナーの苦手なものを近くに置くといいみたいよ。キジムナーはタコや鶏《にわとり》が嫌《きら》いらしいの。あとは人間のおならもダメなんだって。ふふふ」

その晩《ばん》、またアイツ……いやキジムナーが現れた。枕《まくら》を取ったり、布団に乗って飛び跳《は》ねたりと、またちょっかいを出してくる。だが、キジムナーを退散させようにもタコも鶏《にわとり》もない。悩《なや》んでいた僕《ぼく》に、次の瞬間《しゅんかん》、奇跡《きせき》が舞《ま》い降《お》りた。

〝ぷう〜〜う……ぷっ。ぷっ。ぷぴ〟

隣《となり》で寝《ね》ていたお父さんのお尻《しり》から、なんともマヌケな音がした。キジムナーは驚《おどろ》いて逃《に》げ出し、もう二度と現れることはなくなった。めでたし、めでたし！

【プロフィール】
並木伸一郎（なみき しんいちろう）

1947年、東京都生まれ。電電公社（現NTT）勤務ののち、UFO、UMAを含む超常現象・怪奇現象の研究に専念。現在、米国MUFON日本代表、国際隠棲動物学会日本通信員、日本宇宙現象研究会会長、日本フォーティアン協会会長を兼任する。新聞、雑誌、書籍と幅広く活躍。著書・訳書及び監修に、『UFO入門』（大陸書房）、『プロジェクト・ルシファー』（徳間書店）、『オーパーツの謎』『未確認動物UMA大全』『NASA秘録』『ムー認定　世界の超常生物ミステリー』（学研パブリッシング）、『大江戸怪奇事件ファイル』『ほんとうに怖い怪奇現象』（経済界）、『新世界驚愕ミステリー99』（双葉社）、『UFOと宇宙人の謎』『未確認生物UMAの謎』（ポプラ社）、『フリーメイソンとロスト・シンボルの〈真実〉』「史上最強の都市伝説」シリーズ、「真　封印怪談」シリーズ、『怪奇報道写真ファイル』『幻の巨大生物と未確認生物』（竹書房）など、多数。

3分後にゾッとする話　47都道府県の怖い話

著　　者　並木伸一郎
イラスト　マニアニ
執筆協力　栗林拓司、酒井牧子
発 行 者　内田克幸
編　　集　池田菜採
発 行 所　株式会社理論社
〒101-0062　東京都千代田区神田駿河台2-5
電話　営業03-6264-8890　編集03-6264-8891
URL　https://www.rironsha.com

2018年7月初版

ブックデザイン　東 幸男（east design）
印刷・製本　中央精版印刷

ISBN978-4-652-20268-5 NDC913 四六判 19cm 191p

※本書は『47都道府県 あなたの県の怖い話』上・下巻（理論社刊）の一部を翻案した作品を収録しております。